風雲月露

俳句の基本を大切に

柏原眠雨

◉紅書房

風雲月露—俳句の基本を大切に・目次

十六、連歌俳諧の歴史

はじめに

柏原眠雨

平成元年四月に創刊された俳誌「きたごち」が、同二十六年三月号をもって三百号に達した。この二十五周年三百号を記念し、きたごち俳句会では『きたごち俳句歳時記』（紅書房）を編集刊行したが、もう一つ、毎号欠かさず書き継いできた「風雲月露」なる随感の中から適宜選別して、俳句手引書の形に纏める試みをしたものが本書である。

「きたごち」誌上の「風雲月露」は、毎月その都度思いつくままを書いたままで、一冊に仕立てることを意図していたわけではない。それでも結社に参加する連衆につねづね作句方針をしっかり伝えたいとの気持で筆を執ってきたので、整理して編集するなら、きたごち俳句の指導書になり得るとの思いを持ち、この書が企画された。

さあれ、本書の公刊には、基本を踏まえた本当の俳句はどのようなものかを、敢えて世に問う心もある。というのも、折々に接する俳句に、基本を了得した上での作とはとても思えないものを見受けるからである。俳句が庶民の文芸であるにしても、芸の基礎をなおざりにしてよいことにはならない。江戸時代に隆盛を見た俳諧は、力をつけた庶民の担ったもので、それも俳諧師という訓練された指導者のもとで行われたものであった。今日の俳句にも基礎修練は課せられるべきであり、その点が少しでも伝われればと願っている。

「きたごち」は創刊以来「俳句の基本を大切に」を指標に掲げてきた。何よりも先ずは基礎を身につけること、これが俳句の王道につながる。毎月の「風雲月露」の文辞で読み手に訴えたのはこの一点に尽きる。したがって本書は、俳諧や連歌の歴史にまで遡りながら、俳句の基本とは何かについて、多面的に執拗に語ったものである。きたごち会員の改めての糧となるとともに、本物の俳句を志す人の役に立つなら、まことに幸いである。

なお、月々の文を纏めたため、記述に重複や不統一のある点はお許しいただきたい。

平成二十七年六月二十五日

装丁・装画　木幡朋介

一、序

1　風雲月露

本欄の「風雲月露」の名は、役に立たないどうでもよいものの意のつもりである。改めて辞書を引いてみると「実生活には何の益もない花鳥風月ばかりを詠んだ詩文」（角川大字源）とある。出典は隋の書の李諤伝（りがくでん）だそうで、月露風雲ともいう。

李諤伝の文は「一韻の奇を競い、一字の巧を争いて、篇を連ね牘（とく）を累（かさ）ぬるも、月露の形を出でず、案を積み箱を盈（みた）すも、唯是風雲の状」というもので、一韻一字の奇巧を競い争って詩文を積み累ねてみても、月や露や風や雲などの自然の美を越えるものではない、というのが元の意のようである。それが、無用の閑文学の意になって、芭蕉の言う「夏炉冬扇」と同じような、実益のない無用のものを意味することになった。

有用なものばかりを大事にする風潮は昔からあったにせよ、本来の文化の中心は、効用を生む技術の開発にあるのではなく、文術や教養と呼ばれてきた反実学的な知恵の集積にある。中国では武術や武芸に対するものが文術や文芸であり、文術文芸の文事をもって国に仕える文人が尊ばれた。西洋では文化と教養は共にカルチャーという同語であり、教養知（学術）は技術知（職人芸）から明確に区別して重視された。そして、中国の文術（学問）も西洋の教養（学問）も古典に通じることが第一義であった。

学問が職人的技術に結びついて実学（法学、医学、経済学、工学など）へと傾いたのは近代になってからのことで、学問は元来は教養学（哲学、文学、史学、理学）であった。真の学問は、実益や利得のない風雲月露であり夏炉冬扇だったのである。

ではなぜ文術や教養が大切にされたのかといえば、人間が豊かに良く生きるためである。皆が文術教養を身につければ、豊かな成熟した社会が生まれる。そうしてこそ、技術を制御する知恵も育つ。風雲月露の俳句も人生の豊かさという無用の用なのである。

平成20年8月号

二、俳句の基本

1　創刊の辞

「風」俳句会宮城支部の句会報「きたごち」を発展的に解消せしめて、ここに俳誌『きたごち』を創刊することとなった。同慶のいたりである。

俳誌の誕生にはそれぞれにさまざまな動機があるものだが、われわれの場合は、「風」俳句会の支部活動の中で、句会の数と参加者の数とが徐々に殖え、それにともなって皆の熱意が高まり、句会報「きたごち」では収まりがつかなくなったという事情による。いわば量から質への転換という、ごく自然な成りゆきでこうなったまでのこと。したがって、こと改めて声高に言いたてねばならぬような創刊の辞があるわけではない。

だが、あまた俳誌の立つ中で、敢えて新たに一つを加えようと名乗り出るからには、本誌のとる姿勢だけは鮮明にしておく責任があるであろう。その姿勢とは、端的に言って、俳句の基本を守る、というごく平凡な、それでいて等閑視されがちなことである。

昭和六十年七月に始まったわれわれの句会は、初心者指導を表看板に、今日まで徹底して俳句の基礎に忠実であろうとする姿勢を貫いてきた。句会で繰返し述べてきたのは、有季定型、客観写生、即物具象、没小主観、説明省略、瞬間切断、韻律重視など、俳句のごく基本についてであった。そして、思うに、この基本は実は初心者だけの問題ではなく、これを守ることが俳句を守ることになるような、俳句性そのものに関わる問題でもある。観念に頼んで抽象の表現に傾くと、つい面白半分の甘い句に流れてしまう。そんな句の氾濫する現俳壇の中で、あくまで基本を守り通して作句を続けることは、実は大変重たいことなのである。平凡のようで、実は志の高いたいそう非凡なことであると思う。

今後も、この俳誌を「風」の支部活動の場としながら、俳句の基本を守る、という態度を、かたくなに踏襲していくつもりである。協力を乞う。

平成元年4月号

2　発句の条件

俳句は俳諧の連歌の発句を継いだものであるから、俳句の基本は連歌の発句の精神のうちにある。その連歌の発句を支えるいくつかの特徴は、実は最初から約束事として決まっていたわけではなく、連歌の長い歴史の中で徐々に形成されたものである。

和歌を二人で唱和して一首を成すことに始まった短連歌が、平安時代後期に鎖連歌（長連歌）へと発展するが、その頃に書かれた藤原清輔の歌論の『袋草子』（一一五七年頃）の中に連歌骨法の条が見られ、そこに「鎖連歌の発句に至りては専ら末句を詠むべからず」とあって、鎖連歌の発句は五七五の長句から始まることが明記されている。俳句が五七五の定型をもつことになった歴史的な根拠がここにあるといえよう。

また、鎌倉時代に入って十三世紀前半に書かれた順徳院の歌論書『八雲御抄（やくもみしょう）』に連歌の項があり、「発句は必ず言ひ切るべし」とある。これは、発句が一句独立して鑑賞に耐えるものでなければならないことを規定したもので、俳句には句末に切れが求められていることを示している。一句を切るために用いる切れ字についても言及されるようになる。

そして、十四世紀の南北朝時代には百韻連歌が定着、連歌の形式が整備されるに至り、二条良基の連歌作法書『連理秘抄』(一三四九年頃)によって「折節(をりふし)の景物(けいぶつ)(季節の風物)」を主題に詠むことが定着する。すなわち有季(季題)の約束の一般化である。この書には加えて「…五月には、郭公、五月雨、橘、五日菖蒲、六月には、夕立、扇、夏草、蟬、蛍、納涼…」などと、具体的な季語の指示まで書かれている。

つまりは、俳句の元となった連歌の発句には、十二世紀に定型が、十三世紀に切れが、十四世紀に有季が、それぞれ約束事として定着し現在に及んだのである。俳句が、有季、定型、切れを基本とするのは、このような歴史の重みを踏まえてのことであった。

平成24年3月号

3　俳句の特徴

　俳句に固有の文芸上の特徴といえば、第一に季語を用いて季節への挨拶をすること、第二に五七五の韻律にのせて句を作ること、第三に十七音の一句をもって完結させること、この三点が挙げられる。これは、俳句のもととなった連歌の発句が具えていたもので、その特有性が俳句に引き継がれたのである。この三つを、簡潔に、有季、定型、切れ、と称している。季語を有すること、定まった律の型をもつこと、句末がしっかり切れて一句が独立鑑賞に耐えること、この三つが俳句の形式を規定する基本なのである。

　そして、俳句はまた、俳諧（俳諧の連歌、連句）の発句であることを離れて俳句として新たな歩みを始めた際に、写生という技法を用いることとなった。写生とは、さしあたり対象をありのままに写し取る客観的な描写の態度のことで、これが俳句の実質的な内容を規定する基本となる。したがって、俳句の基本とは、外形的には、有季、定型、切れの三つを具備し、かつ内実的には、写生に基づく作品であること、に尽きる。

ところで、この写生については、写生を唱道した正岡子規自身が明確な定義づけを残していないこともあって、その後さまざまな解釈を呼んだ。高浜虚子が客観写生と言い換えたことにより、季題趣味という伝承的情緒や主観の涵養という心情的叙法が排除されることにはなったが、それでも写生の実践となると写生の幅が多様となり、これを端的に表現するのにいろいろなことが言われてきた。その一つが物に即して具体的に表象するということ、すなわち即物具象である。私はこれを写生の最善の別表現と思っている。

俳句の基本は、形の上では俳諧の発句を承けて、有季、定型、切れの三つに条件づけられるとともに、中身に関しては発句からの脱皮という近代化に際しての写生の導入にあると言えよう。「きたごち」はこの基本を大切にする結社でありたい。

平成25年5月号

4　自由と基本

芭蕉が奥の細道の途次に山中温泉で北枝と語り合ったその記録といわれる『山中問答』に、「世人俳諧にくるしみて、俳諧のたのしみを知らず。（中略）工夫は平生に有、席にのぞみては無分別なるべし」の語がある。普段からしっかり学び考えておくべきで、俳諧すなわち連句の座に臨んだら思慮をはずして自在に楽しむがよい、というのである。

これは俳諧に関して語られたことだが、俳句についても同じことがいえるだろう。いろいろな機会を捉えて、常ひごろからきちっと考えて学習しておくことが大切で、そうしてこそ、吟行などの現場に赴いていざ句を作ろうというときに、妙に考えこんだり苦しんだりせずに、自由に楽しく句を作ることができるのである。

平生から学んでおくということは、基本をしっかり身につけておく、ということに他ならない。芭蕉の晩年の俳諧理念をよく表現しているといわれる土芳著の『三冊子』には、「師のいはく、俳諧におもふ所有(あり)。能書のもの書(かけ)る様(やう)に行(おこなは)むとすれば、初心道(みち)を損ふ所有(あり)といへり」とある。書に秀でた人が字を書くときのように、自由自在に句を作りたいところだが、そうすると初心者はかえって道を誤ってしまうことがある、というのである。自由に楽しく句を作ることができるようになるためには、書の達人が基本をしっかりと身につけた上で自分なりの書を自在に作りあげていくように、平生から基本を十分に学び積んでいかなければならない、ということであろう。初心者が基本も知らずに自由に筆をとってみても、書に通じた人の目からすれば、とても書とはいえないことになる。

書の場合であれば、自分の書く字は書の作法にかなっていないと自覚している人が多いのだが、俳句の場合は、ひごろ俳句の基本の訓練など考えてもみずに気楽に俳句をして、自分は俳句を作っているのだと思いこんでいる人が多いのは、考えものである。

平成12年5月号

5　基本の欠落

昨年は俳人協会賞の予選委員を拝命して、第一次選、第二次選と、百を越える句集を、集中的に読んだ。読み終えての印象は、さすがに力のある秀抜な作品がいくつもあって、大いに勉強になったが、同時に、俳句の基本も弁えずに俳句もどきを作って楽しんでいる人がいかに多いか、ということでもあった。新旧仮名遣いの混在のひどいもの、文法の誤りの多すぎるもの、などは論外だが、句について次のような点が気になった。

先ず形式についてだが、三段切れが散見されたこと、字余りにまったく無頓着と思われる句集があったこと、一物仕立でありながら、て止めになっている句が多く、また、終止形で十分に止められるものをわざわざ連用止めにしている句があること、など、疑問に思われるものが多く見られた。殊に、連用止めの多用は、目に余るものがあった。俳句は発句の独立したもの、という基本の基本が分かっていないのである。

内容については、異論もあることで無理強いは出来ないのだが、例えば、ごとし俳句の多いのは問題ではないか。見立ての句は江戸時代の古い手法であり、写生を基調とする近代俳句にはなじまないのである。動詞の多用でごてごてした句になっていたり、言葉に流されて中身の見えない句に終わっていたり、コト俳句に終始して観念句になっていたりして、俳句の指導者に付いて、もっとしっかり勉強して欲しいと思う句集も多かった。

多数の句集に共通していて気になったのは、新旧漢字の混在であり、旧字体の乱用である。旧漢字で多く見られたのは、佛（仏）、瀧（滝）、燈（灯）、螢（蛍）、櫻（桜）であり、國（国）、龍（竜）、晝（昼）、萬（万）、眞（真）、麥（麦）、聲（声）なども あった。国語審議会の不甲斐なさは別として、文字使用に一応の取り決めのある現在、俳人が恣意的にこれを破って日本語を乱すのは、いかがなものかと思う。

平成14年3月号

6　俳句性

桑原武夫の俳句第二芸術論が世に出た折、一般の俳人たちがこれに大いに憤慨するなかで、高浜虚子だけは「俳句を芸術だなどとは思ってもみなかったが、いったい何時から俳句が芸術に昇格したのか」と述べて平然としていた、という話を聞いたことがある。この話、少々できすぎているので、作り話ぐらいに思って聞いていたのだが、実は桑原武夫自身がこの虚子の言葉を耳にして「虚子とはいよいよ不敵な人物だと思った」と告白していることを、のちになって知った。話は作りごとではなかったのである。

ところで、この告白の載っている文章（「毎日新聞」昭和四十六年三月）の中で、桑原武夫は俳句を短詩型文学と表記している。この言い方は最近でもしばしば見られるものだが、安易にこの表現が定着してしまうことに、私は少しく抵抗を感じている。

確かに俳句は、或る意味で、世界に類を見ない最短の詩であるともいえる。そして、文学といってよい要素を持ってはいる。しかし、俳句は、最短詩型文学と言っただけでは言い尽くし得ていない多くのものを持っている筈であり、その豊かな余剰部にこそ、俳句性が存するように思われる。有季定型という枠一つを取ってみても、また、切れという固有の手法を考えても、俳句は一般の詩や文学とは明らかに異なる性格と伝統とを有している。そして、その特異な性格が、最も短いという点に尽きるわけでは決してない。

伝統に根ざす俳句性をわれわれがきちんと弁えるなら、俳句を極力近代詩に近づけようとか、口語体や自由律で短詩型文学として再編成しようとか、高踏的な抽象や観念を用いて第一芸術の座を入手しようなどといった、俳句性をそこなう試みは、放棄されるべきである。あえていえば、俳句は詩でもなければ、文学でも芸術でもない。俳句はまさに俳句なのであって、それ以外の何ものでもないともいえるのである。

平成2年6月号

7　日本の芸術

小西甚一著『俳句の世界』（講談社学術文庫）を読み始めたら、開巻間もなく、「平安時代以来、作る者と享受する者とがはっきり別である種類のわざは芸術にあらずとする意識が、根づよく存在した。もちろん、その反対は、芸術なのである」という言葉が出てきて、面白く思った。室町後期から江戸時代にかけて盛んになった俳諧（連句）は後者であり、作る者と楽しむ者とが同一であるから、立派な芸術であった、という話である。

西洋文明の影響下にある現在でこそ、彫刻や絵画を芸術と考えているが、昔から日本では、彫り師や絵かきは、陶工や漆工と同じように、他の享受者のために働く職人であり、芸術家ではなかった。これに対し、書道や歌道などでは、制作する人が同時に書や歌を楽しむ人でもあったので、書家や歌人は職人ではなく立派な芸術家であった。従って、例えば物語（小説）の作者は戯作者に過ぎず芸術家とはいえないが、俳諧の指導者は宗匠と呼ばれて、芸術家とみなされていた、というのである。物語の場合は、一般の享受者が同時に物語作家であるというわけではないが、俳諧の場合は、享受者が常にそのまま俳諧の道に作者として参加しているからである。

　確かに仏像や浮世絵の作者は職人としての自覚を持っても、芸術家の意識にまで洗練されていたとはいえまい。欧米化という近代化により、仏像彫刻や浮世絵画の芸術性が語られ始めたのである。近ごろは陶器や漆器まで芸術視されつつある。もちろんこうした実用品の中に芸術性を見出すことは結構なことであるが、その反動で、作者即享受者である本来の日本の芸術が第二芸術化されたり非芸術化されたりすることとなっては、本末転倒である。俳諧の伝統を受け継ぐ俳句を、作者即享受者の文芸ゆえに第二芸術呼ばわりするなどは、日本の芸術を知らぬもはなはだしい、といわざるをえないことになる。

平成7年12月号

8　芸術と技術

おおむね芸術には、文芸（詩、小説、戯曲等）、造形芸術（絵画、彫刻、建築等）、非造形芸術（音楽、演劇、舞踏等）の分野があると考えられる。そして、今日ではこれらの諸芸術に余り優劣を感じることは少ないが、西洋ではこれらが等しく芸術と認められるまでに、長い歴史を要した。詩と絵画と音楽とに限って述べれば、以下のようになる。

西洋の芸術論の嚆矢はアリストテレスの『詩学』である。内容はギリシア悲劇を中心に芸術を語るもので、ギリシアの演劇は韻文（詩）で書かれたから、この書は詩学と称されている。悲劇すなわち詩は人生のミメーシス（模倣、写実）である、ということと、詩としての悲劇は痛みと恐れを介して魂にカタルシス（浄化）をもたらす、ということとがポイントで、このような詩こそ芸術の代表と、西洋では考えられてきたのである。

これに対して音楽は、古くピュタゴラス学派の哲学の中で重視されたものの、内容は協和音程が単純な整数比から成ることを検討したもので、数学の一種として扱われた。中世においても、音楽は振動数の比で音階が作られるという音階論が中心で、算術、幾何、天文と並ぶ理数系の学問の一つとみなされ、その演奏は職人的技術に過ぎなかった。

絵画も長い間、教会や国家の威厳を表現するための職人の技術と考えられてきた。しかも、医術のギルドや印刷のギルドがあっても画家のギルドは存在せず、画家は職人の中でも地位が低かった。ルネサンス期の近代を迎えて人間らしさの表現が求められるに至り、絵画も音楽のような技術論が検討され、ようやく学問的性格をもつに至った。

そして、十七世紀のフランスのアカデミーの創立に伴い、音楽や絵画への従事が詩作と並ぶ芸術の地位を獲得し、単なる手の仕事ではなく頭の創作と認められるに至った。

詩の一つである俳句は、このような歴史を踏まえて、芸術的矜恃を持つがよい。

平成22年7月号

9　俳芸術

近代美学は、カントに先立つドイツの哲学者バウムガルテンによって創始された。バウムガルテンは、認識論に、従来のような論理学を核とする厳密な知的認識のほかに、感覚や気分の行う情緒的な認識をも扱う部門が必要と考え、これを美学と名づけ、その名の著作を書いた。日本語で美学と呼ばれるこの学の名は、ギリシア語で感性的知覚を意味するアイステーシスの語をもとに造語したもので、感性学ないし情緒学という意である。

バウムガルテンがこの書の中で、感性的認識の完全性を美とみなしたことから、日本語で美学の訳語が定着したが、バウムガルテンにとって、その美の表現される芸術の典型は文芸（特に詩）であった。小学校以来、音楽や図工の時間を芸術の授業と考えてきたわれわれは、文芸というと国語の時間に習うもので、芸術のイメージから遠いように思いがちだが、アリストテレスの昔から西洋では文芸が芸術の第一と考えられてきたのである。二十世紀の哲学者ハイデガーも、芸術の中では特に文芸に卓越した位置を与えている。

東北大学大学院文学研究科の国文学教室の初代の教授岡崎義恵は、いわゆる文学を文芸学と呼び変えたことで知られる。その意図は、文学の研究を美学の基礎の上に据えることにあった。文芸を対象とする学問を「正しい芸術学的原理によって科学としての確実な体系にまで組織しようとした」と岡崎は語るが、それは、西洋の芸術学や美学が伝統的に文学（文芸）を最重要な芸術とみなしてきた点を受けてのことと思われる。

俳句も文芸である。それも、日本では恐らく最大の創作者数を擁する文芸である。したがって日本における芸術の最大の担い手は俳句作家である、といっても過言ではない。われわれ俳人としては、感性や情念で捉えられる俳味や俳趣という俳句固有の優れた美を、いわば俳芸術として表現することで、日本の芸術文化の高揚に寄与したいと思う。

平成17年11月号

10　きたごちの句

近ごろは新しいきたごち仲間が増え、中に句会には参加されていない方も多いので、その人達のためにも、改めて「きたごち」の結社としての作句理念を再確認しておきたい。

先ずは、俳句の基本を大切にということである。スポーツや芸事では基本を大事にするのに、俳句の世界では基本を弁えずに俳人のつもりでいる人が多い。俳句の基本は、有季と定型と切れであり、これに加えて写生である。有季と定型は分かり易いが、切れの心得のない人がとても多い。私の指導する句会ではいつも切れについてくどい程に話をしているが、句会に出ていない人は切れについて少しく勉強して欲しいと思う。

写生についても、句会では繰り返し言及しているのだが、実際の句作りになると、写生の域を外れてしまう人がいる。きたごち集の投句を見ていると、「きたごち」の写生が理解できていない人もまま散見する。「きたごち」では写生を客観写生といい、また即物具象とも言い換えている。写生は、主観的な心情を述べるのではなく、客観的な対象を提示してみせるのである。それも、物に即して具体的に表出することが大切である。

俳句が主観的な情趣を伝える抒情詩の一種であることに違いはない。だが、作者の感動をそのまま表現するのではなく、感動を誘った対象のみを示すことによって、感動を間接化するのが俳句の手法である。主観の言葉は省略し客観の物に心を託するのである。

即物具象の具象とは、絵の具象画のように何がどう描かれているかが分かり易いということである。自分だけ分かっていて他人の目には意味不明瞭な句が折々見られる。客観的視点に立って自分の句を読み返してみることが大切である。俳句総合誌などには分かりにくい句が登場するが、その真似をすることはない。具象性のある平明句であることが、俳句にとってはむしろ長所である。感動を籠めつつ物の見える平明な句を作りたい。

平成24年7月号

三、有季

1　季語の重み

芭蕉の紀行文の一つの『笈の小文』に「風雅におけるもの、造化にしたがひて四時(しいじ)を友とす」という言葉がある。俳句は「四時」すなわち春夏秋冬の四つの時節の移ろいに現われる自然を友とする文芸である。

農耕民族である日本人にとって、四季の変化は生活のリズムである。政治経済、宗教祭祀、文芸舞曲、技術土木など、あらゆる文化が農をかなめに形成されてきた日本では、温帯の島国という固有の風土が生み出す四季の際立った変化に、鋭敏にならざるを得ない。日本の農業が暦を大事にしてきたのも、そのためである。季の象徴である雪月花を愛でる美意識は、こうした日本人の古来からの生活に定位した自然の心なのである。

ところで俳句は連句の発句が独立したものであるが、連句（俳諧）では、発句（立句）

を必ず季節への挨拶で始める約束があった。それが俳句に季語として残ることになったのだが、その結果、日本人の心と生活とのリズムに密着した「四時を友とす」る素晴しい新文芸が生まれたのである。

そこで作句の心懸けの第一には、一句が一つの季語を有すること、すなわち「有季」ということが緊要になる。しかも、漫然と季を入れさえすればよいというのではなく、その季語の心を生かすことが大切と心得て欲しい。季語のそれぞれには、万葉以来の日本文芸の長い伝統がはぐくんできた「本意」と呼ばれる堆積物が沈澱しており、わずか十七音の俳句では、季語のもつこの本意の働きを利用し生かすことが、句の良し悪しの決め手にすらなるのである。句における季語の働きは、大変に重いのである。

真に四季を自らの友となしうるためには、しっかりした歳時記による季語の勉強を通して、手応えのある季語の重みを学び取るよう努めなければならない。

平成元年10月号

2　有季の使命

歳時記をひもとけばすぐに分かることだが、俳句における季は、春夏秋冬の四季ではなくて、これに新年を加えた五季で構成される。

ところが、もう一つ、古来から雑（無季）の句ということがいわれており、例えば芭蕉は、「発句も四季のみならず、恋、旅、名所、離別等、無季の句ありたきもの」（『去来抄』）という。連歌は発句が有季でも、平句の殆どが雑だったからである。しかし、この芭蕉の提言は江戸時代にはとうとう定着しなかった。

子規は「古人にも雑の句は最も少し。こは雑の句は多く面白からぬ故なり」といっている。そして、仮に日本で雑の部を考えるなら「富士」という題一つに限るがよい、などと述べている。だがこれも一般化しなかった。季題のほかに考案された、恋、旅、富士など無季題なるものは、結局すべて淘汰されてしまったのである。

替わって登場したものに、明治末から大正初めの「無季容認論」(碧梧桐)や「季題無用論」(井泉水)がある。これは無季題なる題をも考えないもので、この流れは無季俳句として今日に続き、すでに俳壇の一部に伝統化して定着した。

なるほど近代文明はわれわれから季感を奪っていくように思われ、農業でさえ季節と無関係に作物を提供してくれているこのごろである。生活に季感が失せていくのだから、俳句も季にこだわるには及ばない、などと言えるのかもしれない。

しかし、翻って考えるに、季感が失せたからといって天体の運行が狂ったわけでもなければ、われわれが暦の生活を放棄したわけでもない。人為の近代文明が季感をそこねていくのであれば、かえって俳句に課せられた有季の使命は重いのではないか。物質文明が奪おうとしている大切な日本の季の心を、自然観照の有季俳句がつなぎとめるのである。

平成2年5月号

3　季語の本意

俳句は季節の文芸であり、詠まれた季を表わす語が季語である。季語は一句の季の主題であるから季題と呼ばれることもあったが、明治の末に大須賀乙字が季語の呼称を用いてから、これが定着した。季題の語は、季語を指定して句を作る題詠の際の題目となる季語をいう場合もあり、写生が一般化した近代俳句では、嘱目吟が増えて、季題より季語と呼ぶことが多くなった。今日では季題と季語とはほぼ同じ意に使われている。

ところで、俳句における季語は、長い日本の文芸の歴史の中で育てられ定着してきたものであるから、その語のもつ特有性が培われている。それぞれの季語の事物には、その事物に最も相応しいあり方が醸成されているのである。それを季語の本意という。そして、最短詩の俳句は、この本意という共通理解を大いに利用し合うことになる。

例えば、春雨について『三冊子』にこんな記述がある。「春雨は、をやみなくいつまでも降りつづくやうにする。三月をいふ。二月末よりも用ふるなり。正月、二月はじめを春の雨となり。」（春雨は小止みになることなく、いつまでも降り続くように作句する。陽暦四月頃のことで、陽暦三月末の雨から用いてもよい。陽暦二月と三月初旬の雨は春の雨という。）つまり、春雨の本意は静かに降り続く晩春の柔らかな雨ということで、初春や仲春に降ることを本意とする春の雨とは区別しなければいけない、というのである。

これに従って『角川俳句大歳時記』では春雨と春の雨とを別の季語として立項しているが、多くの歳時記では、春の雨を春雨の副季語に組み入れている。

本意を限定しすぎると句の類型化を招くし、本意を抜いては鑑賞に幅が出すぎて共感が薄れる。季語に本意のあることを了知しつつ、日本人としての文芸上の常識というかなり曖昧な広がりを承引して、新しい発見の句を許容できるような姿勢が求められよう。

平成25年4月号

4 竪題季語

東北大学文学部に集中講義で来られた神奈川大学の復本一郎先生と、夕食を共にしながらひと晩ゆっくり語り合う機会を得た。復本氏は、鬼貫の研究で知られる俳諧史家で、近年は精力的な俳句評論活動により、俳句界に大きな貢献をされている。

その折に氏から『江戸俳句夜話』(NHK出版)なる近著を頂戴した。江戸時代の発句の楽しさ面白さをさまざまな視点から展開して見せてくれる書であるが、その最後に「季語の美意識」という章があり、幾つかの大事な季語について、それぞれの本意が丁寧に説明されている。氏は前に『芭蕉歳時記—竪題季語はかく味わうべし』(講談社)を出されて、季語には和歌の伝統に根差した竪題(たて)と俳諧以降に生じた横題の二種類があることを説き、芭蕉とその門弟がこの二種の別をはっきり意識していた、と主張する。『江戸俳句夜話』

の季語の話はこの『芭蕉歳時記』に基づくもので、季語を大切に考える俳人には、竪題季語とその本意について教示してくれる『芭蕉歳時記』が必見の書となった。

この書の中に、和歌以来の伝統的季語の「竪題」が今日でも存在する一方で、俳諧以来の新季語の「横題」が「なおふえつづけている……この現象について大いに疑問である」という一説がある。春雨、花、蛍、月、紅葉、雪などの竪題には日本文芸史の中で沈澱した本意があり、これを無視して俳句は成り立たないが、これに対し、新季語の横題が次々と増え続けてしまっては、俳句が有季という本質的性格を希薄にしてゆくことにつながる、ということである。俳人は核となる竪題にもっと目を向けよう、との提案であろう。

近ごろは思いきりたくさんの季語を集めた季寄せや歳時記が出版されているが、細見綾子が「私たちのころは、こんなにたくさんの季語はなかったのに、いつかしら季語が増え過ぎたようね」と語るのを聞いたことがある。

平成11年9月号

5　季重なり

俳句はわずか十七音から成る極めて短い文芸である。しかもその中に季語を入れて作らなければならないから、句が冗漫に流れてしまわないよう、極力無駄な語を省いた緊密さが求められる。そこで、一般に、入れるべき季語は一つだけで十分とされ、一句の中に二つ以上の季語を用いる季重なりは、避けるべきこととされてきた。

季節への挨拶である俳句にとって、季語は一句の決め手であり、情致の核である。それが二つもあれば、決め手や核を欠くことになり、句が脆弱になるといわれる。季節感を受け取るべき焦点が分散してしまうのである。季語の景物そのものを詠う句ではなく、季語が添え物として扱われる場合であっても、俳句にとっての季語は季感を伝える大事な契機であり、決して軽いものとはいえない。しかも、同じ秋の季語でも、月というのと、紅葉というのとでは、受ける情緒や句の中での働きがまったく異なるのである。

季を別にする季重なりを季違い（異季）の季重なりというが、挨拶の主題となる季節が分かれてしまう恐れのある場合は避けるべきであろう。また、同季の季重なりでは、強く働く季語同士であればこれも避けるべきであろうし、軽重のはっきりした季語でも、力を殺ぎ合ったり、障りになったりするようなら、控えるに越したことはない。

季重なりの初心者の句で秀句に見えるものがよくあるが、季語には伝統の美意識が籠められているから、それを二つ（時に三つ）も使えば、佳句と見えるのはある意味で当然なのである。歴史の磨き上げてきた、俳句にとっての珠玉のことばを、短い句に二つも入れるのは、ずるいやり口ともいえる。季語は一句に一つで勝負すべきなのである。

季語と知らずに季重なりをするのは論外である。季語を十分に修得した上で意識して季重なりの句を作るのなら、季語の働きにしっかりした減り張りをつけるべきである。

平成25年9月号

6　旧暦の感覚

季語の見直しということがいわれ始めてからすでに久しい。俳人協会の月刊紙「俳句文学館」においても、このところこの議論が盛んである。一番の問題は、旧暦を基準にして編まれている従前の歳時記が、新暦で営まれている現代人の生活に合致しなくなっているということのようだ。例えば、七月七日の七夕は、旧暦なら秋の季であり歳時記もそのように扱っているが、現実には夏ではないか、ということである。

このことについて、二年ほど前の「俳壇年鑑」に島谷征良氏が書いておられたことを思い出す。詳細の言葉は覚えていないが、ほぼ次のようなことであった。すなわち、俳句はもともと旧暦に従って形成された文芸であるのだから、旧暦の感覚を養う努力を放棄してはならない、新暦と旧暦のほぼ一箇月のずれを想像力で補うことこそ、俳句の楽しみなのだ、という。新暦の七月七日に七夕の句を作るのなら、八月七日ごろの初秋の季感を思いながら、七夕を秋の季語として生かすように作るべきだ、というのである。

　七夕は佞武多と同じように伝統的にはお盆の行事と結びついてきた。ところが、お盆は全国的に月遅れの八月十五日に営まれるのに、七夕のほうは七月七日に行われるというのが、そもそもおかしい。俳人たるもの、そんな奇妙さにまどわされることなく、季語のもつ文芸の伝統の重みを大切にするなら、仙台七夕のような、月遅れのお盆と重なる八月七日を念頭に置いて作句せよ、ということである。

　もちろん季語のすべてが旧暦というわけではない。だが、例えば、如月は三月の季感で用いるべきだし、五月雨は六月の梅雨と心得るべきだし、陰暦十月の芭蕉忌は十一月十二日ごろを思うべきである。想像力を働かせるとは、観念句に走ることではない。ずれを楽しむゆとりをもって、月遅れの感覚で写生句を作るのである。

平成9年8月号

7　春めく

手許の歳時記の「春」の項を開くと「立春（二月四日ごろ）から立夏（五月六日ごろ）の前日までの期間を指す。寒暖の実感からは少し早い感じもするが、動植物の動きにはすでにその兆しが見られる。明るく希望に満ちた心はずむ季節である」（『新版・俳句歳時記』雄山閣出版）とある。たしかに立春とか寒明とかいっても、まだまだ寒い冬のさなかのように感じられ、「寒暖の実感からは少し早い」ように思われるのは事実である。

しかし、「動植物の動きにはすでにその兆しが見られる」とあるように、丁寧に物を見る目を持てば、草木の芽が「張る」という「春」の語源通りの自然の営みが、そこここに認められる。日がずいぶんと長くなったという実感とともに、生命の躍動への助走が始まっているのを知ることができる。「春めく」の季語を容易に体感できるのである。

俳句を始めて間もなくの高校時代から、私は、季節の中で早春が一番好きだと思うようになった。二階から明るい空を眺めて、ぼんやりと春の雲を目で追ったり、冷たい風に吹かれながらも、春のしるしを求めて幾分とも暖かな伊豆地方を歩きまわったりした。

冬の暗いドイツでは、二月になると各地でカーニバルが行われ、棒で土を叩いて大地を目覚めさせ、春を呼びこむ。日本でも、新春の季語になっている土竜打、田遊び、えんぶりなどは、春から始まる農作業の予祝の行事で、旧暦の時代には正月に行われたため、新暦では早春の二月に行われるものが多い。八戸のえんぶりも、東京板橋の北野神社や諏訪神社の田遊びも、寒さの中に春の到来したことを告げる行事となっている。

昨年出版された暉峻康隆『季語辞典』（東京堂出版）には、「冬と春との交代期である余寒きびしい早春二月における春の胎動を詠みとれないようでは、日本の詩人（俳人）の資格はない」とある。俳句をたしなむ者として、春の息吹に敏感でありたい。

平成15年2月号

8　春と秋

『春秋』といえば、孔子が編纂したといわれる魯の国の歴史である。この史書が春秋の名で呼ばれるのは、年月四季の順を追って書かれているからで、つまりは、春夏秋冬を春と秋とで代表して呼んでいることになる。中国では歳月や年令のことを「春秋」とは称しても、これを「夏冬」などと言うようなことはしない。

わが国でも、例えば『万葉集』に詠まれた植物の頻度を挙げると、萩が一位で梅が二位になるといわれるように、秋の花と春の花が賞でられることが多く、一般に花の種類は夏期に最も多く見られても、「夏の七草」などということはない。

『万葉集』の巻一には、のちに「春秋の争い」と呼ばれるようになった話が出てくる。天智天皇が藤原鎌足に申しつけて、桜花の春山の艶と紅葉の秋山の彩とどちらが優れているかを競わしめたところ、額田王が秋に軍配をあげる歌を詠んだ、という。ここには、夏と冬とを対比させるという発想はない。

東洋人はこのように、一般に寒暑のはっきりとした夏と冬よりは、季節が微妙に変化してゆく春と秋とを好むようである。これに対して西洋では、夏時間冬時間とか夏学期冬学期と言って、四月から九月までが夏、十月から三月までが冬と、割り切っている。実際にヨーロッパに住んだ体験でも、春や秋の季感が少ないまま、一挙に冬から夏へ、夏から冬へと、季節が移ってしまう。西洋人は移ろい行く変化を楽しむことにうといのである。

時は春。今年は暖冬で、桜の開花も早まることであろう。日本人が親しく四季とつき合う俳句という文化を持っているのも、冬から夏へ、夏から冬へと、ゆっくり時間をかけて進展していく春と秋の時節を、殊更に大事にする心があってのこと。今年も、春のこの時期に生ずる自然のさまざまな転変を、注意深く見つめて句に詠みとめていきたい。

平成4年4月号

9　植物の季語

俳諧連歌が季節への挨拶の発句をもって始める慣習であったため、発句に季語が入ることとなり、発句のみを独立して作ることから発展した俳句にも、この季語が大事な要素として残ることになった。そこで、季節感を大切にする俳句の基本の第一は、季語を修得して十分に活用できるようになることである。

ところで、季語は一般に、時候、天文、地理、生活、行事、動物、植物に分けられているが、中でも生活の部と植物の部とが、数の上で最も多い。そして、生活の季語はわれわれに身近なものが多いのに較べて、植物の季語は、よほど植物に精通していない限り、なじみのあるものばかりというわけにはいかない。つまり、多くの人にとって季語に親しむ際の一番大きな問題は、植物の名を覚え、それぞれの特性を把握することにある。

植物の名には、漢字書きでむずかしいものが多い。紫荊、山桜桃（英桃）、金縷梅、萵苣、虎杖、搗布、繡線菊、凌霄、忍冬、茴香、酢漿、射干、木耳、柞、楪など、さしずめ漢字の読み書きテストに出そうなものばかりである。こうした名称の読み書きを一つずつ覚えていかなければならないが、ただ文字を知って歳時記の説明を了得しておくだけではまだ十分とは言えない。生きた俳句を作るためには、それぞれの植物の実物に接してそれと分かるだけの訓練をつんでおかなければならない。

近ごろは、きれいな写真入りの山野草辞典や植物図鑑が、本屋の趣味コーナーで手軽に入手できる。これらの写真や図版をじっくり眺めた上で、季節ごとに野草園や百花園や植物園に出かけて実物と照合するだけの努力をしてこそ、植物の季語を勉強したと言える。下萌、夏草、花野、末枯などの季語も大事だが、これだけですますのではなく、個々の植物をきちっと詠むことのできるよう、日ごろから努めておくことである。

平成5年6月号

10　季寄せの歴史

「きたごち」が近く三百号を数えるに至った記念に、『きたごち俳句歳時記』の出版を企画し、会員と旧会員から例句の協力をいただきながら、その編集の作業を始めた。

ところで、今日の歳時記に当たる季寄せの類のものは、二条良基『連理秘抄』（一三四九年頃）の月ごとの時節の景物（四十語程）の記述をもって嚆矢とする。中世には里村紹巴の『連歌至宝抄』（一五八六年）の巻尾に集められた初春の言葉に始まる季ごとの言葉（三百語弱）など、連歌論の中にいくつか見られるが、近世の俳諧季寄せの初めは野々口立圃の『はなひ草』（一六三六年）の後半を占める四季の詞（六百語弱）である。更に松江重頼の『毛吹草』（一六四五年）の巻二に季寄せがあり、ここには連歌四季之詞（約七三〇語）と俳諧四季之詞（約一〇六〇語）が収められて、季語の数が格段に増えた。

季語に解説と例句を付けた最初の歳時記は北村季吟著『山の井』（一六四七年）である。季語の数は主要な一一四語にとどまるが、副季語を記し、解説を加え、例句を挙げている点で、今日の歳時記の形に近い。以後、俳諧の盛んになった江戸期には、『滑稽雑談』『俳諧四季部類』『俳諧小づち』『俳諧二見貝』ほか百五十種にも及ぶ季寄せが出たといわれる。そして、例句は季寄せとは別に刊行された『類題発句集』『俳諧発句題叢』『俳諧新々五百題』などの類題句集に載せられていて、季語と解説と例句を合わせた本格的な近代歳時記は、『山の井』以降は明治期を待つことになった。

さて、江戸期の季寄せの決定版に、『俳諧歳時記栞草（しおりぐさ）』（一八五一年）がある。曲亭馬琴編『俳諧歳時記』（一八〇一年）を藍亭青藍が増補改訂したもので、三四二〇余の季語を収録解説している。季節ごとにいろは順になっていて読みにくいが、読み応えはある。堀切実校注の上下二冊で岩波文庫（黄二二五―五）に入っているので、求めるとよい。

平成25年7月号

11　歳時記遍歴

私が俳句を始めた中学生時代に、アルバイトの小遣で買った『虚子編季寄せ』（昭和二十二年、三省堂）が今も手許にある。奥付に虚子の本名の清の検印のある月別の歳時記で、胸ポケットに入る程の横長の小型のものである。紙質が悪く赤茶けてしまい、活字も小さくて読みづらくなった。それでも愛着のある一冊である。

同じ頃に求めたものに、文庫版で最初に出た全四冊の『俳諧歳時記』（昭和二十五年、新潮社）がある。季節ごとに分冊になっているので軽くて持ち歩くに便利だったが、それだけに散逸してしまい、現在は夏の一冊だけしか残っていない。

次いで角川文庫の五冊の『俳句歳時記』（昭和三十年、角川書店）が出た。季語の解説が丁寧で例句も多く重宝した。頻用したが、大事に使ったので今も五冊揃っている。

俳句饗宴賞の副賞として頂戴したのが山本健吉編『最新俳句歳時記』(昭和四十六年、文藝春秋社)五巻であった。季語の配列順が一般と異なっているのに戸迷ったが、季語の数も多く解説が詳細で、ようやく本格的な歳時記を手に入れた思いがした。

俳句がブームになり始めて『カラー図説日本大歳時記』(昭和五十七年、講談社)五巻が出た時は、特に写真の豊富なことが嬉しかった。写真のお陰で殊に植物への関心が喚起され、山野草を庭に植えるなどして、植物の季語が身近なものになった。

『宮城県俳句歳時記』(昭和五十六年、萬葉堂)は私自身が関わりを持ったこともあり、心に残る歳時記となった。『風俳句歳時記』(昭和五十六年、風発行所)が出来た時も嬉しかった。例句が粒揃いで使い甲斐があった。『地名俳句歳時記』(昭和六十一年、中央公論社)や『ふるさと大歳時記』(平成三年、角川書店)も、折々に楽しんで開いている。

年内には『きたごち俳句歳時記』が出る。大いに期待をしていていただきたい。

平成26年4月号

四、定型

1　俳句の定型

哲学の話題の一つに、言語起源論がある。そして、言語起源論の多くは、言語は他人との意思疎通の必要から生じたもの、と説くのが一般であるが、ルソーやニーチェの言語起源論によれば、他人との意思疎通を求める以前に、言葉は一人の人間の内から発する叫びであり、声の音であり、歌である、と言う。言葉の本領は、そもそも歌の響きにある、というのである。

してみると、日本語が書記言語（文字）として初めて登場する際の歌の響きの中に、日本語の心を探ることができるのではないか。

われわれの知る最古の歌とは、長歌（五七五七…七七）であり、施頭歌（五七七五七七…）であり、また短歌（五七五七七）であり、仏足石歌（五七五七七七）である。それらはいずれも、五七の調べをもつものである。そして、このことは、決して偶然ではあるまい。五七の調べこそが、日本人の内発の心の叫びの型なのであり、いわば日本語の言霊(ことだま)の発露の形態なのである。

ところで、俳句は短歌の連なる連歌（五七五七七五七五七七…）の最初の発句の部分が独立したものであるから、五七五という定型をもつことになった。この短い定型こそ、俳句の最も大きな特徴であろうが、それは同時に、五七の調べの最も凝縮された形と言うことができる。つまり、俳句の定型（五七五）は、日本人の心の叫びの凝縮されたものであり、日本語のもつ精神の最も端的な表出の祖型なのである。

したがって、現代のわれわれがこの定型を守りつつ俳句を作り続けているのも、実は、こうした日本語の心の基底に関わることなのであり、日本人としての内面の叫びの歌を最も濃い声色で謳いあげていることになるのである。

平成2年11月号

2　五七の律

私がお茶の水女子大学から東北大学へ移ったのは、昭和四十八年のこと。当時の文学部はまだ片平丁にあり、天井の高い古い建物であった。ちょうど中世哲学の真方敬道先生のご退官と入れ違いで、私は真方先生の研究室と机とを引き継ぐことになったが、大学が川内に移転してからもずっと私の使用しているこの大机は、実は真方先生が英語学の土居光知先生から引き継いだものと教えられた。表面が厚い一枚板のしっかりした木机である。

ところで、話はこの土居光知先生の『日本語の姿』(昭和十八年、改造社)に書かれている日本の詩歌の五七調(ないし七五調)の根拠づけのことである。

この書は、日本の詩形が五七または七五を自然のリズムとするゆえんを、気力(気息の配分)という単位を想定して説いたものである。「サイタサイタサクラガサイタ、コイコイシロコイ…」の『小学読本巻二』を実際に読ませてレコードに録音しながら、日本語のリズムとなる音群を拾い出して、一気力が一音の場合と一気力が二音の場合の二種があることを示す。その上で、一音一気力を四分音符一つで、また二音一気力を八分音符二つで表し、五七ないし七五音が、八分音符八拍子の二小節になるがゆえに、五七の調べは音律的に調子がよく、日本人の心を打つのだと説いている。

この説によれば、例えば「古池や…」の句なら、|♫♫♪𝄾|♫♪♫♫|♫♪♫𝄾‖と八分音符八拍子（つまり四分の四拍子）三小節になるし、「春の海ひねもす…」の句なら、|♫♪♫𝄾|♫♫♫♪|♫♪♫𝄾‖と、やはり四分の四拍子三小節になる。俳句の五七五の定型は、音楽的に十分の根拠をもって説明できる、というわけである。

もっとも、こうした説明は現実をあとから理屈づけるだけのことで、われわれにとっては、五七の律が存在する事実を、実作を通して継承していくことが大切なのである。

平成5年5月号

3　句またがり

俳句は五七五の三つの音節からなる。五音七音五音のリズムが俳句の定型の音律を作り出しているのである。〈古池や／蛙とびこむ／水の音〉や〈菜の花や／月は東に／日は西に〉のように、音節の区切りに旨く文節の区切りがくるようにして五七五に整えるのが俳句である。ところが、文節の区切りのほかに日本語としての意味の区切りというものがあり、この意味上の区切りが音節間をまたぐような句を、句またがりという。

例えば、文節で区切れば〈行く／春や／鳥／啼き／魚の／目は／涙〉となって五七五の音節の区切りのところに文節の区切りがきてはいても、意味の区切りは〈行く春や／鳥啼き／魚の目は涙〉となって、意味の区切りが中七と座五とをまたいでいる句である。〈春の海／ひねもす／のたりのたりかな〉の句も句またがりである。だが、こうした俳句は音節の区切りで区切りながら読んでも、文節では一応切れているから、あまり不自然に感じられないので、句またがりの俳句として認められてきた。

ところが〈海くれて鴨のこゑほのかに白し〉とか、〈負くまじき角力を寝ものがたりかな〉という句になると、音節の区切りが意味の区切りと一致しない上に、文節の区切りとも重ならない。前句は「ほのか」という単語の中に区切りがきており、後者は「寝ものがたり」という語の中で音節を区切っているのである。だがこれも「ほの」の語に「か」の接尾語をつけたとみなし、また「もの」と「かたり」の合成語と考えれば、一語の中の区切りも、破調ではあるが不自然とまではいえないとして、許容されている。語の中の区切りを旨く利用して音節の区切りにすれば、句またがりとして可能なのである。

しかし、〈ゆく川の／流れは絶えず〉という区切りを〈すすむ川／の流れ絶えず〉とはできない。「の」のような助詞の前で句またがりの区切りを入れるのは不可である。

平成25年11月号

4　字余り

俳句は五七五の定型韻律を特質とするが、いわゆる字余りや字足らずの句があることは周知の通りである。しかし、字余り字足らずと言っても、これにはおのずから限界があるのであって、それが無制限になっては、自由律容認になり定型がくずれる。

字足らずは定型にとって一般的ではないが、字余りについて、厳密には、促音（コップの「ッ」）や長音（ほうきの「う」、ノートの「ー」）を含む場合、「ん」の字を含む場合、それに繰返し（「のたりのたり」）の六音や八音の場合だけに限って許されるとする人もいる。しかし、上五に七音の語をおきそれを一気に五音調に読ませて気迫を誘う詠法もあるし、中七が中八になるのは余り聞き苦しくないと言う人もいる。また、座五が座六になることに寛容な人も多い。私は、上五が六になる字余りはさほど気に障らないが、座五はできるだけ五でおさえることが、型を整えることだと思っている。

いずれにせよ、俳句の基本に忠実でありたいと願うなら、極力字余りを作らぬよう工夫すべきであろう。それには、一つに俳句固有の省略技法を身につけること、主語や目的語を示す助詞は省いたほうがよい場合が多いし、切れ字や体言切れなどを活用することである。二つには、語彙を豊富にすること、殊に、石段と磴、神官と禰宜など、音数の異なる同義語を知っておく必要がある。三つには、一語の読みの違いを心得ること、鳰（にお、におどり、かいつぶり）、湖（こ、うみ、みずうみ）などがそれである。四つに、推敲の際に語の位置をいろいろと動かしてみること、五つに、動詞を名詞に変えてみるような大胆な言い換えを試みること、など、字余りを排する努力をしなければいけない。

「風」が昭和二十六年三月から沢木欣一単選になった折、欣一は字余りの句を誌上から一掃すると宣言した。「きたごち」誌面にも字余りの句がないようにと心がけたい。

平成4年2月号

5 俳句の散文化

俳句は五七五のリズムが生命である。この韻律を重視し、韻文性を大切にしなければならないが、近ごろは折々に俳句の散文化傾向への危惧の声が聞かれる。

自由律俳句は敢えて韻文性を無視するものでその影響があるとは考えにくいが、口語俳句が比較的一般化したために、それに引かれて、文語で作句している筈の人まで、文語のもつ韻文性を配慮せずに、日常の話し言葉で五七五に仕立てるの類が見られる。そうした日常の口語を俳句に持ち込むことから、俳句の散文化が始まる、といってよい。

口語で作っても五七五の韻律を守れば俳句の韻文性は守られる、という向きもあろう。しかし、俳句の韻文性は古来からの文語のもつ七五調ないし五七調のリズムであり、古典文法に基づく日本語の調子に較べれば、常用語の口語は何としても散文的である。

俳句の散文化は、まず動詞の口語化に始まる。口語の五段活用は文語の四段活用と余り変わらないから「行かむ」の文語を「行こう」の口語にしないよう気をつける程度でよいのだが、上二段、下二段の活用で「起く」「受く」とすべき終止形を「起きる」「受ける」と口語にしたり、「起くる人」「受くる人」の連体形を「起きる人」「受ける人」の口語にする例が見られる。ナ変活用の「死ぬる人」を「死ぬ人」にするも同じである。

助動詞の「る」「らる」を口語の「れる」「られる」で句にしたり、「す」「さす」を「せる」「させる」にしたり、否定の「ず」を「ない」にするのも散文化につながる。

もうひとつ俳句の散文化の手助けをしていると思われるものに、作用の主体を示す格助詞の「が」がある。できるならこれは「の」にして欲しい。「良寛が書ける文」のように文語でも「が」が主語を表す用例があるが、「夕日が沈む」より「夕日の沈む」の方が文語らしく聞こえる。ただしこの助詞は省略できるので、取った方が文語調になる。

平成22年3月号

五、切れ

1　切れと切れ字

順徳院『八雲御抄』（一二二一年頃）の連歌の項に「発句は必ず言ひ切るべし」とある。連歌が盛んになるにつれ、発句が特に大切なものとして意識され、発句は一句で独立して鑑賞できる完結性を有し、そのために句末に切れが求められたのである。付句は付合の関係で詠まれるが、発句だけは前句なしに詠まれるその季その場への挨拶だからである。

そこで、句末をしっかり切って一句を独立させるためにはどうしたらよいか、を案じて作られたものが、切れ字である。『専順法眼之詞秘之事』（一七七〇年）によれば、宗祇の師の専順（十五世紀）が十八の切れ字を挙げ、これが一般化したといわれる。その十八とは、や、かな、し、もがな、ぞ、か、よ、けり、らん、つ、ぬ、ず、じ、せ、れ、へ、け、いかに、である。これらを句末に付ければ、初心者でも発句を立てられるという。

や、かな、もがな、ぞ、か、よ、は係助詞や終助詞や間投助詞であり、し、は形容詞終止形、けり、らん、つ、ぬ、ず、じ、は助動詞終止形、せ、れ、へ、け、は動詞命令形、いかに、は疑問反語の副詞である。そして、「切字なく候へば平句に相聞えて悪しく候」（紹巴『連歌至宝抄』一五八六年）とまでいわれるようになり、切れ字を欠けば発句にならないような風潮まで生んで、切れ字の数も二十二になり、やがて五十五まで増えた。

しかし、芭蕉一門では「切れたる句は字を以つて切るに及ばず。いまだ句の切れる切れずを知らざる作者のために、先達は切字の数を定めらる」（『去来抄』）といい、切れ字は初心者指導のためのもので、本来は「切字に用ふる時は四十八皆切字なり」（同）といわれた。切れ字がなくとも、切れていさえすれば、発句として通るのである。

以後、切れ字をやかましく問うことのなくなった傾向の中で、改めて切れ字を重視したのが石田波郷である。波郷の〈霜柱俳句は切字響きけり〉の句がその立場を示している。

平成25年8月号

2 切れの働き

「有季」と「定型」に加えて、俳句に固有の特徴としてもう一つ「切れ」を挙げることができる。「切れ」が俳句にとって重要な意味をもつことを確認しておきたい。

「切れ」には二つの働きがあると考えられる。一つは、一物仕立（一句一章）と二物衝撃（二句一章）の両者に共通する句の末尾の切れであって、これは一句の独立性を保証する。もう一つは、二物衝撃（二句一章）の型における句の途中の切れであり、これは二物の取合せの妙を作り出す効果をもつ。

俳句のもとになった連歌の発句は、他の付句と違ってそれだけで独立して完結した意味をもつものでなければならないという約束があった。そこで和歌の上の句だけを独立させる簡便法として「けり」「かな」などの「切れ字」も考案された。これを句の末尾につければ、発句の体をなすというわけである。つまり、それだけ句の末尾が切れていて一句が独立完結していることが大切なのである。この独立性（切れていること）を利用して、発句だけを作って楽しむ風習が生じ、それが俳句を生んだのであるから、俳句には一句一句が曖昧さを残さぬ独立性が要求されている。これが「切れ」の第一の意味である。

また、俳句には取合せと呼ばれる固有の手法がある。一句の途中に「切れ」を入れて、その前後に直接つながりのない別々の事物を配し、二物の取合せによって起こる衝撃に詩情を求める手口である。相互に必然性の関係にはない前後の二つが「切れ」という無を挟んでぶつかり合うと、そこに偶然的必然性が生じて、日本の文化圏に育ったわれわれの心情に訴える独特の詩的な効果が生まれる。理屈の上では無関係な二物を「切れ」といういわば空白の転換を介して関係づけることにより、二物の響き合いに俳句固有の詩興が作られることになる。これが「切れ」の第二の意味である。

平成3年12月号

3　二つの基本型

俳句には二つの基本的な型がある。一物仕立と二物衝撃の二つである。

一物仕立とは、一句一章とも言われる型で、句の全体に切れ目のないもの（切れが最後の一箇所だけのもの）である。これに対し、二物衝撃とは、二句一章とか、配合、取合せ、付合せなどと呼ばれる型で、二つの異なった物や事を組合せて作られる句（切れが途中と最後の二箇所にあるもの）である。

例句を挙げて示せば、次のようになる（○印の部分が切れ）。

先ず、一物仕立の句の例。

春の海ひねもすのたりのたりかな○　　蕪　村

塩田に百日筋目つけ通し○　　欣　一

次いで、二物衝撃の句の例。

古池や○蛙飛び込む水の音○　　芭蕉

ふだん着でふだんの心○桃の花○　　綾子

右の例から察しがつくと思われるが、一物仕立の句は、一つの物について一つの事柄を一気に詠じており、二物衝撃の句は、途中の切れを挟んで二つの物や事をぶつけ合っているのである。前者の場合、一般に説得力のある力強い句になるし、後者の場合は、二つの物事の取合せの妙が作り出す俳句固有の詩情が表現される。

もっともこの二つの型は、類型的に分けた基本であって、どちらとも言い切れない句もあるし、また常にこの二つだけを意識して作句せよと言うのではない。形は一物仕立に作られていても、内容は二物衝撃である場合も多い。だが、差し当りこの二類型の作り方が俳句の基本であることを弁えておけば、今後の作句や鑑賞に役立つはずである。

平成3年5月号

4　切れに注意

一句の途中に「切れ」の入る句がある。二物衝撃とか取合せとか言われる型の句で、この場合の「切れ」は、二物の衝撃の効果や取合せの詩情の効果を生み出す働きをする。俳句に固有のこの「切れ」に慣れていないと、思わぬ誤解をすることにもなるので、初学者は特に注意しなければならない。

自分の例で恐縮だが、私がかつて神葱雨先生のもとで俳句を始めて間もないころ、〈鬼灯や加減無用の身拵へ〉という句を作って先生にお見せした。先生が「どういう意味か」と聞かれるので、「鬼灯は鬼灯なりの美しさを持っていて、これ以上に手を加える必要のない造りをしている、の意」と答えたところ、先生は「いや、この句はそういう意味ではない。上五が切れ字で切れているのだから、眼前の鬼灯の美しさとは別に、例えば和服の正装をした婦人でも居て、その人の身拵えが加減無用なのであり、繊細な赤い袋に包まれた鬼灯と、寸分の隙のない正装をした人物との、取合せの面白さを詠んだ句なのだ」と言われた。作者の私の意図とは違った句になっていたのである。

また「きたごち」の句会を始めた当初、〈みちのくの暮らしに慣れし江戸風鈴〉という句が句会に出された。その折に、「江戸風鈴がみちのくの暮らしに慣れたというのはどういうことか」という質問が出たが、それはこの句を切れに気づかずに鑑賞してしまった誤解なのである。中七の最後の「慣れし」の「し」は、過去の助動詞「き」の連体形の「し」であるから、一見すると「江戸風鈴」という体言にかかるように読めるのだが、この句の場合にはいわゆる連体切れであって、「慣れしことよ」（慣れたことだなあ）と、ここで切って鑑賞しなければいけない。みちのくの暮らしに慣れたのは作者自身であり、江戸風鈴は「切れ」をはさんで措かれた取合せの物なのである。

平成4年12月号

5　取合せの勧め

『去来抄』によれば、芭蕉は「発句は頭よりすらすらと謂くだし来るを上品とす」と言い、洒堂に対して「発句は汝が如く二つ三つ取集めする物にあらず、こがねを打のべたる如く成べし」と、一物仕立をすすめたという。ところが『去来抄』には続けて「発句は物を合すれば出来せり。其能取合するを上手といひ」とあり、またあるとき許六に向かって芭蕉は「二ツ取合てよくとりはやすを上手と云也」と、二物衝撃が句の本領のようにも語っている。つまり、「こがねを打のべたる如」き一物仕立も「二ツ取合てよくとりはやす」二物衝撃も、共に俳句の基本であって、この両者の一方に片寄らないよう別様の句も心がけてみることをすすめているのである。

初心者が自然に作句すれば、先ずは一物仕立の句になるであろう。しかし、それだけを作っていたのでは俳句の楽しさに十分触れることができない。そこで二物衝撃の型に親しむようになると、今度はその面白さばかりに気を取られて、写生よりは技巧に傾くことになりかねない。いずれにせよ一方に浸り切っては危険なのであり、常にこの二つの基本型を意識していることが大切なのである。

大正時代に俳諧の伝統の「切れ」に注目して二物衝撃を重視する「二句一章論」を展開したのは大須賀乙字であるが、それに対し臼田亜浪が一物仕立を重く見る「一句一章論」で反発した。慣れてくるとつい取合せに逃げてしまいがちだが、むしろ一物仕立で凄い句を作ってみたい、と熱を入れて語る俳人に出合ったことがある。

初心の人にすすめたいのは、一句一章論の反発や一物仕立の凄さが先に控えていることを十分わきまえながら、俳句に固有の「切れ」の感覚を身につけるためにも、先ずは二句一章の取合せの衝撃を試みてみることである。

平成4年5月号

6　取合せのこつ

二つの物を取合せて一句を成す場合の心得としてしばしば引合いに出されるものに、芭蕉の語った「行きて帰る心」という表現がある。芭蕉晩年の主張を記録した服部土芳の著『三冊子』の黒冊子（忘れ水）の冒頭にある話で、「発句の事は、行きて帰る心の味はひなり。たとへば〈山里は万歳遅し梅の花〉といふ類なり。〈山里は万歳遅し〉といひはなして、〈梅は咲けり〉といふ心のごとくに、行きて帰るの心、発句なり。山里は万歳の遅しといふばかりのひとへは、平句の位なり」という。

「山里には正月を祝う万歳さえもやって来るのが遅いのだ」という上五中七の鄙びた山村の風情に対しては、「それでも梅の花はもう咲いている」という鄙びとは逆の華やぎの趣向を、また人事の遅に自然の速を取合せるのが、発句の精神なのだ、というのである。

『三冊子』ではこれに続けて「題の中より出づる事はたまたまなり」とある。主題となる物の連関の内で取合せの物を見付け出すことは極めて稀である、というのである。或る物を提示したならば、その気持の赴く方向へ進んで取合せの物を求めても旨くいくことは稀であって、一般には、往心とは逆の帰心の方向で、つまりは反対方向の動きに当たるような物を取合せることで、発句になるのだ、というわけである。

ただし、行きて帰る心という場合、いわば往路と復路は逆方向でも路は同じであるのだから、取合せがとんでもない所へ行ってしまったのでは不可である。まったく無関係の物を取合せて訳の分らない句を好んで作ってみせる俳風もあるが、それでは発句（俳句）にならない。〈山里は万歳遅し梅の花〉の梅の花は、鄙びとは逆の華やぎの物でありながらも、きちんと山里の景の中に戻ってきているのであり、全くの恣意物が取合されているわけではない。要は即き過ぎでも離れ過ぎでもない不即不離の関係ということである。

平成27年2月号

7 モンタージュ

途中に切れの入らない一物仕立の句に対して、切れを中に入れて取合せの形をとっている句を二物衝撃の句と呼ぶが、この言葉は、映画や写真の技術であるモンタージュの訳語として俳句の世界に定着した。ところが、面白いことに、このモンタージュとは、ソ連のエイゼンシュテインが日本の俳諧の取合せ手法に学んで映画の組立て手法を工夫した際の呼称として有名になったもので、俳句にとってはいわば逆輸入ものなのである。

エイゼンシュテインははじめ建築を学んだが、やがて舞台演出家となり、次いで映画界に入った。劇場の仕事をしている時には日本の歌舞伎を研究し、映画の仕事に入ってからは日本の俳諧の取合せを応用して、弁証法的モンタージュと呼ばれる独自の衝突手法をあみ出した。その成果が、一九二五年の「戦艦ポチョムキン」という有名な映画である。私も学生時代に大学祭の出し物でこの映画を見たことがある。

映画で言うモンタージュとは、フィルムを継ぎ合わせて編集することを指すが、俳句の切れをはさんだ取合せのように、相互に必然的な連関のないまったく別々のフィルムを繋いでそれぞれのフィルムが持っている意味を残しながらも、二つの意味以上の意味を作り出そうとしたのが、エイゼンシュテインの「戦艦ポチョムキン」だったのである。それが弁証法的モンタージュと言われるのは、ヘーゲルのアウフヘーベンの弁証法に似て、相互に異なる二つのフィルムのそれぞれの意味がこわれずに保持されながらも、二つの意味の合算以上の新たな合一の意味が生じてくるからである。

モンタージュ手法が俳句から学ばれ、それがまた俳句に刺激を与えているとすれば、その間に俳句はいわばヘーゲル哲学の弁証法の精神に媒介されたわけで、二物衝撃の効果を引き出す不即不離の取合せには、弁証法的止揚の高まりが求められていることになる。

平成5年3月号

8　三段切れ

三段切れとは、一句の中に切れが三箇所あるものをいう。俳諧の時代から使われていた言葉で、その頃は発句の中に名詞が三つ含まれていて句の話題が三分裂してしまうものをいったようだが、今日の俳句の世界では三箇所で切れている句を三段切れという。

俳句は発句に倣って、句末を切ることにより一句を独立させて成り立つ文芸である。句末を切るには、名詞で押さえる体言留め（名詞止め）か、活用語（動詞、形容詞、形容動詞、助動詞）なら終止形の終止留め、連体形の連体留めを用いる。終助詞や間投助詞、係助詞の文末用法などを使った助詞留めも可能である。

これらの留めを用いた切れが、句末にだけあるものを一句一章（一物仕立）といい、句末のほか句中にもう一箇所あるものを二句一章（取合せ、二物衝撃）という。そして俳句はこの二つの型が基本であって、三段切れは基本の逸脱とされる。わずかに十七音の短い俳句の中に三つも主題が登場して、それらを一つの趣意に取合せることには、無理があるからである。三段切れは俳句にとって禁じ手と考えて欲しい。

ところが、当人は二句一章のつもりで作った句が三段切れになってしまっている例を、しばしば見受ける。最も多いものが、下二段活用などの動詞の終止形を連体形と思い違える誤りである。例えば〈初夏や水面(みなも)を流る屋形舟〉の句は〈流る〉が終止形なのでここで切れてしまい、上五中七座五がそれぞれ独立した三段切れなのである。これを〈初夏や水面流るる屋形舟〉と直せば、中七と座五が繋がって二句一章の形になる。

ただし、〈一茶句碑山頭火句碑寺薄暑〉のような対句やリフレインの場合は、例外的に三段切れも認められている。その代表的な例が〈目には青葉山ほととぎすはつ松魚(がつを)〉の素堂の句である。目には、耳には、舌には、の三対句とみなされているからである。

平成27年6月号

9　て止め

「て止め」の句はよくない、といわれる。「て留め」とも「て留まり」ともいうが、これは、例えば〈汗ひくまで六角堂の影借りて〉の句のような、助詞の「て」で終わる俳句のことである。「て」は接続助詞であるから、次にくる用言を含む語句を予想し、前文をその後続の語句に接続させる働きをするので、句末で十分には切れていないことになるために、切れの求められる発句の止めとしては不向きだ、というわけである。

紹巴が関白秀吉に贈るために書いたという『連歌至宝抄』に、「第三は大略て留りにて候」とある。連歌や俳諧では、発句の五七五の次が脇の七七で、その次の五七五を第三というが、その第三がおおむね「て留まり」なのだ、ということである。つまり「て止め」は連歌や俳諧の第三の型なのであって、発句の型ではない、というのである。

これをうけて、芭蕉の〈辛崎の松は花より朧にて〉の句が、弟子達の問題になったことは、『雑談集』『去来抄』『葛の松原』などに見られる通りである。初案通りに「辛崎の松は花より朧かな」とすれば問題ないものを、なぜ敢えて発句の態をなさない「て止め」の句にしたのか、というわけである。理屈はいろいろあっても、自分はこれでいいのだ、と芭蕉はいうが、芭蕉がそういったからといって、問題が片付いたわけではない。

〈逝きにけり胡桃のごとく目つむりて〉のような句は、一見「て止め」のように見えても、「て」から上五に戻って切れる倒置法の型なので、問題はない。〈観音の胎内にゐて初音聞く〉を〈初音聞く観音の胎内にゐて〉と倒置して、「て」が下に来ただけのことだからである。問題は切れのない一句一章形式の句で「て止め」になっている場合である。

芭蕉のように一生に一句ぐらい「て止め」も作ってみる、というならまだしも、近ごろは一句一章の「て止め」がひどく多いように思われ、気になっている。

平成14年11月号

六、写生

1　写生

正岡子規が旧来の発句を俳句と呼び替えて新境地を拓いた際に、俳句の基本的作法に写生をとなえたことは有名である。ところが、子規はこの写生について、明確に定義をしたり、内容を説明したりしたことがないので、子規の説く写生については、その反対概念である月並を批判した論説から間接的に了解することになる。

明治二十九年の『日本新聞』に載った「俳句問答」に、月並についての子規の記述が見られるので、その月並の逆が写生の要領であると受け取れば、およそ次のようになる。

一、月並句は知性に訴え、知識や理屈で理解される。とすれば、写生とは感性に訴える表現形態であり、感覚や情感などの詩歌情緒や芸術直観で了解されるものである。

二、陳腐を好むのが月並である。ならば、写生は新鮮さを求める。「梅に鶯」「月にむら雲」式の固定観念を排し、自分の眼で対象をよく見て、発見に努めることである。
三、月並句には言葉の弛緩（たるみ）が認められる。してみれば、写生とは言葉の緊密を重んじること。説明調を捨て、切れや省略を使って瞬間の構図を押さえることである。
四、月並句は使用語の範囲が狭い。子規はしばしば、雅語、俗語、漢語、洋語などを用い、言葉の使用範囲を拡張して写生の題材を豊富にするよう勧めている。
五、系統流派にこだわるのが月並である。とするなら、写生は芭蕉何世などの権威によらず、各人の観察に価値を委ね、紋切型を越える努力にまつところが大である。
以上をまとめれば、結局のところ、写生とは、対象に迫るためにこちら側の観念や理屈を排し、対象の諸様相に応じうるよう言葉を豊富にして、紋切型ではないような新しい発見に努めるべく、個々人が自分なりのしなやかな美的感覚を養って、対象を十分に観察すること、である。この基本線は、今日でも作句に生かしていかなければならない。

平成5年4月号

2　客観写生

俳句でいう客観写生とは、正岡子規の説いた写生の手法をより鮮明にするために、大正六年以降に高浜虚子が打ち出した作句の立場である。

子規の死後、明治四十年代になると、河東碧梧桐の自由律による新傾向の俳句が各地に広まったが、これに対抗するために虚子は俳句色の薄くなっていた「ホトトギス」を俳誌として立て直すことになる。その際に差し当り虚子は、定型の写生句の中で個性の勝った主観色の強い俳句を求め、大正四年から六年にかけて「進むべき俳句の道」を書いて、主観の涵養を説いた。しかし、主情を表に出し過ぎる句は安直になり易く、鑑賞の幅のない稚拙な浅薄な句になる。この弊が現れるに至って、虚子は指導方針を撤回し、「進むべき俳句の道」の結びには「客観の写生」の一大事たるを閑却してはならぬ、と説くに及んだ。

そして以後、「ホトトギス」では客観写生が定着することとなったのである。

　そもそも俳句が文芸である以上、個性のある主観の活動であることはいうまでもない。だがそれを強調するために主観の俳句といってしまうと、句に美しいとか悲しいといった主観語の入ることが一般化して、つまらぬ句が溢れることになる。五七五の短い俳句の中に主観的な表現を直接入れ込んでしまうと、余韻を欠いた押しつけがましい句になる。描写を客観のみにとどめて、主観を述べずに主観を述べるのが俳句なのである。

　また、客観の語には、対象としての客体の意味と誰もが理解できる客観的普遍性の意味の両面がある。したがって、客観写生は、自分の心情をじかに吐露せずに、情を誘った対象を詠むにとどめる、という意味のほかに、もう一つ、ひとりよがりの句にならぬよう、誰でもが理解できる句に仕立てる、という意味も持つであろう。出来た句をもう一度客観的に読み直して、独善的でなく普遍性をもつかどうかを確かめることも大切である。

平成25年10月号

3　感情の写生

近代俳句の基本は客観写生である、という話を鵜呑みにして、俳句は見たままの事実通りを報告しなければ道義に反するかのように思い込んでいる人がいる。この句なら赤い薔薇より白い薔薇の方がずっと句が引き立つと言っても、いやそこには赤い薔薇だけが咲いていて白い薔薇などなかったのだ、と言い張る人がいる。しかし、このようないわば実証主義的な写実主義は、近代科学の合理主義に通じるものではあっても、文芸の世界における写実や写生の精神とはとても言えないであろう。

正岡子規は『歌よみに与ふる書』の中で、「全く客観的に詠みし歌なりとも感情を本（もと）としたるは言を竢（ま）たず。…主観的と申す内にも感情と理窟との区別有之（これあり）、生が排斥するは主観中の理窟の部分にして、感情の部分には無之（これなく）候」という。客観写生といってもそれは作者の主観の働きなしにありえない。ただしその時の主観はあくまで感情という主観なのであって、理屈としての主観による客観化ではいけない、というのである。

理屈の主観を用いて客観写生をすると、理に合うものだけを真とみなす合理主義が表に出る。これは科学の精神であって、例えば四本の鶏頭を五本と詠んだら間違いだということになる。だが、芸術文学上の真とは、美的な価値を求める感情という主観に適うことなのであって、赤い薔薇がいいか白い薔薇にすべきか、鶏頭を四本とするか五本と詠むか、そのあたりで悩むところに、感情の写生の愉悦があり、俳句の愉楽がある。

したがって、感情の写生には理屈のような客観的基準はない。子規が先の文章のすぐあとで「古今東西に通ずる文学の標準」の存在を語っているのは、子規の勇み足であって、感情による客観写生には、科学のもつ客観的普遍性に通じるものなどありえないと心得るべきである。句会の高点句が必ずしも名句であるとは限らないのもその故である。

平成8年1月号

4　模写説

写生という俳句の基本的な技法に関連して、哲学の認識論の一つの模写説（コピー・セオリー）が思い浮かぶ。写生とは、差し当り対象の実際を正しく写し取ることであるとすれば、模写説は心の内に対象の正確な模像が形成されるときに真なる認識が成立したと考える立場であるから、模写説は写生に根拠を与えるものと思われるからである。

模写説の原型は古くからあるが、これを認識論として理論的に仕上げたのは、十七世紀後半に活躍したイギリス経験論の父と呼ばれるロックである。ロックによれば、人間の生来の心は白紙状態にあり、感覚と反省の窓を通して外なる世界を経験することによって、外界の認識が白紙の心に後天的に形成される。詳細を省いてごく大まかに形式化していえば、白紙の心が実在する物を経験し、心に模写した物の像を知識とみなす考え方である。

そして、白紙の精神に模写された観念（知識）としての像が、対象としての実在の物と一致していれば、真なる知識が得られたと考えるのである。

ところで、この模写説には実は大きな難点がある。それは、観念の像と実在の物とが果して一致しているかどうかを確かめることが、原理的にできないという点である。実在の物は、観念の像（コピー）としてのみ心に経験されるばかりであるのだから、一致しているることを確めようにも、先の観念と次の観念とを比べるコピー同士の比較にとどまらざるを得ず、実在そのものとの一致を確認するすべがない、というわけである。

このことは、俳句の写生においても心にとめておかなければならない点である。客観写生といってみても、客観的実在そのものを五七五の言葉であるがままに正確に模写し得ているのだと思いこむのは早計である。むしろ俳句の写生は、実在の対象の持ち味と思われるものをそのつどの局面でどれだけ生き生きと引き出すか、にかかっているのである。

平成8年7月号

5　王道を歩む

俳句の王道は即物的な写生にある。「きたごち」はこの俳句の基本を大切に守っていくことを標榜している。ところが世間では、写生に終始するのはつまらぬことだ、とか、写生を越えなければいけない、とか言って、しばしば王道からの逸脱を勧める。しかし、それは、いわば、俳句であることに耐え抜く力のない者が、脇道に逸れて落ちこぼれていくことであって、そんな安易な道につくことは極力避けなければいけない。

俳句の写生は言葉によって行われる。言葉はもともと普遍化の働きをもつものであり、その限りで抽象化作用に本領がある。例えばハイデガーは、言葉を意味するギリシア語のロゴスには、「取り集める」の意と「見させる」の意があり、言葉は、現象を集約して本質を露見させるもの、と言う。「犬」という言葉は、白い犬や黒い犬、秋田犬や土佐犬、猟犬や盲導犬、桃太郎の犬やフランダースの犬など、さまざまな犬の現象のすべてを取り集めて、それらに共通するところを「犬」と呼んで犬の普遍的な本質が見えるようにさせているのである。言葉は、具体的個別を超えた抽象的普遍を表現する傾向がある。

このような、どちらかといえば観念的で抽象的な働きの強い言葉という手段を用いて、それとは逆の即物的で具象的な写生という表現を行うことは、実ははなはだむずかしいことであり苦しいことなのである。言葉のもつ普遍化の方法を用いて眼前の個別的な現象を捉える写生句を志向するのは、観念的抽象的で眼前に景を思い浮かべにくい句を作るのに較べ、はるかに逆説的な困難をともなう。写生句は、句の観賞者の個別的な経験に訴えなければならないから、一人よがりにはなれず、それだけむずかしいのである。

言葉の遊びなら、言葉の特性からして至って易しい。言葉におぼれ過ぎると、具体的な個物が見えにくくなる。苦しくとも、俳句の王道を歩む者でありたい。

平成10年2月号

6　言語による写生

写生という俳句の言葉は、正岡子規が洋画の技法から取り入れたものである。物や景の形姿を画布に描き出すように、景物のあり様を文字で写し取ることである。絵画はコンテや墨や絵具で写生をする。彫塑は木やブロンズや粘土などで写生をする。それに対して俳句は、言語（特に文字言語）で写生をする。そこで、絵画や彫塑では絵具やブロンズの扱いを基礎から身につける必要があるように、俳句でも言語使用の技の修練が基本になるであろうが、俳人にその自覚がどれだけあるだろうか。

哲学で言語を論じる際の研究区分に、構文論、意味論、語用論の三つがある。構文論は語と語の関係の考察（文法の問題がその代表）、意味論は語と指示対象の関係の考察（意味の問題が中心）、語用論は語と使用場面の関係の考察（解釈が問題の要点）である。これを俳句の話題に置き換えれば、文法の問題、語意の問題、解釈の問題の三つになる。

文語文法については、高校の文法の教科書か参考書で学ぶのが一番だが、正しい文語文を多読して身につけるのも可。「きたごち」の句を毎号全て音読するだけでもよい。

語意については大きな問題がある。言葉はもともと抽象化の働きで出来ているので、具象表現に限界のある点を弁えておくことである。薔薇の語は全ての薔薇を意味し得るし、赤い小さな薔薇と限定してもまだ個別的なこの物ではない。具体的な事物を指示するのに抽象的な言語で表現せざるを得ない点をしっかり了得しておかなければならない。

解釈や鑑賞もこのことと関係してくる。言葉の使用者も受け手も、その言葉の意味の領域の中で思念の具象化を行うので、意味にずれがなくとも形象にはずれが生じる。また、理解には過去の経験がものをいうから、読みの深さも人それぞれ異なってくる。

言葉による写生の限界と愉楽を了知しつつ、言語使用の技を研くことが求められる。

平成26年5月号

7　虚実皮膜

「虚実皮膜」とは近松門左衛門の『難波土産』に見られる芸論の一つである。実人生を写し出す演劇という芸術は、事実と虚構との中間に位置づけられ、事実そのものでもなければ全くの虚構でもない。実と虚との区別のしがたい微妙な所に独特の美を求めるものであって、そこにこそ実人生以上の人生の真実が表現されるのだ、との意である。

俳句も、事実そのものというより事実を言葉に写しとる写生という文芸である限りで、似たような事情にある。自然や人事の出来事を、季節への挨拶を交じえながら十七音の文字に表現し直すのであるから、舞台の上で実人生をまねるのと同様なまねごとである。しかし、その虚としてのまねごと（写しごと）は、唯に虚に遊ぶことだけに終始したのでは絵そらごとに終わってしまい、十七音に凝縮することの意味が失われる。虚はあくまでも実との緊張が求められて芸になるのである。写生は実を写してこそ写生なのであって、虚を写すだけに終わるなら写生でもなんでもないことになる。

許六の『風俗文選』によれば、芭蕉は次のように言う。「言語は、虚に居て実をおこなふべし。実に居て虚にあそぶ事はかたし。」つまり、言葉に表現する文芸は、言葉が虚であることを弁えたうえで物の実を表すよう努めることが肝心なのであり、物の実体験をしていながら言葉ではそれを離れて言葉の遊戯だけに走るようでは文芸とは言えない。

芭蕉のこの虚実論は、土芳著『三冊子』に見られる「松の事は松に習へ、竹の事は竹に習へ」の教えに通じる。「私意のなす作意」のみの句は虚しいことを十分に弁えて、常に対象に習いまねる心構えを持たなければ、言葉を真に生かしたことにならないのである。これを即物具象と言い換えてもよい。物の実に即する努力をしてこそ、言葉の虚を離れることができ、虚と実との皮膜にある文芸上の真実に立つことができるのである。

平成6年1月号

8　即物具象

「風」主宰の沢木欣一は、「即物具象」という俳句作法を唱道し、これを結社指導の基本にしている。「風」傘下の「きたごち」も、当然ながらこの作句理念に従って活動しているのであり、従ってそのことを改めてここで確認しておきたいと思う。

「即物具象」とは、子規の俳句革新以来語られてきた「写生」を或る見識のもとで受けとめたもの、と考えてよい。この百年の間に「写生」については余りにも多くのことが語られて、多様な理解を許すはめになっているのであるから、写生を「即物具象」と言い換えることが、一つの定見になりうるのである。

それでは、「物に即して」「具体的に表現する」とはどういうことか。それを理解するには、「物に即しておらず」「具体的ではない」句を念頭に置いてみるとよい。即物句の逆は観念句である。具象句の逆は抽象句である。そのような観念句や抽象句にならないように作句努力をすることが「即物具象」の精神である。

われわれが句を作る際には、一般に何かの対象に出会って心が動かされたそのことを一句に表現しようとする。その場合に、対象（物）の側面と心（主観的な知情意）の側面との双方の作用が共に働き合って一句を成すのだが、ここで専ら主観の側の知識や感情や意志などの動きだけを表に持ち出して句にすると、観念句や抽象句に陥る。

従って、即物具象であろうとするには、句の上で、知識に頼らず、感情に溺れず、意志に傾かないように努め、心の動きをさそった対象の物の側のみを浮き立たせるがよい。知情意のもとで生じた感動を、気分でそのまま表現せずに、それを具体的な物という誰にでも分かる対象の側へと反転させ間接化することである。俳句とは、いわば、物のみを語り心を語らぬことによって、物の背後に心を語らせる、逆説的な言語ゲームなのである。

平成2年9月号

9　物自体

客観写生といい、即物具象という。この時に、われわれは、何か客観的な物が対象として向こう側にそれ自体で実在していて、その客観物に即してこれをありのままに具象表現するのが写生だと思いがちだが、厳密にいうと事態はそれほど単純ではない。哲学史上ではカントの認識論における物自体の問題がこの辺の事情をよく語っている。

カントは、先ず現象と物自体とを区別する。われわれが認識し理解している外界は、われわれの捉え方で現われてくる限りでの現象としての物であって、われわれの認識とは独立にそれ自体で存在している物、すなわち物自体ではない、という。われわれ人間は、時間と空間という枠で物を知るほかなく、また数量や原因結果の関係などで物を理解するほかない。人間に固有の物の知り方をチャンネルにして外からの刺激を整理して知識を作り上げる。ゆえにそれは物の現象の知識であって物自体ではない、という。人間の認識からは別個に存在していると考えられる物自体は、知識では捉えられないのである。

　われわれの見知る外界がそのまま実在する物自体だとの思い込みは、カントから見れば素朴実在論という独断に過ぎない。ただし、人間はほぼ共通した知性を持っているから、認識する現象としての物に、客観としての共通性は存在する。しかしそれはあくまで現象という現れの姿であって、物自体はその背後に存在すると信じるほかにない。

　このカントの考えを参考にすれば、知識に加えて驚きや好嫌哀楽などの気分や感情を大いに働かせて作る俳句の場合は、現象を構成するに各人の恣意的意向が多分に加わることとなる。物自体からの刺激を知性と情緒とで受けとめて、現象としての物を眼前に具象化させるのが写生であるなら、情緒に流されて独りよがりの恣意に傾かぬよう、物の具象化に客観性への十分な配慮をしなければならない。それが客観的具象なのである。

平成26年9月号

10　物真似と幽玄

四月と五月に、仙台で薪能を二度も見る機会を得た。桜花の下で行われた陸奥国分寺薬師堂の若林薪能は、観世流の「羽衣」と舞囃子「高砂」など、また新緑の中で行われた仙台城三の丸跡の仙台薪能は、喜多流の「杜若」「鞍馬天狗」などであった。街騒の中で演じられた前者は、若林区連合商店会の主催する至って庶民的なもの、藩祖政宗の忌にちなんで瑞鳳殿が主催する後者も、余り肩肘張らずに楽しめるものであった。

もともと能楽は、庶民の芸能の猿楽や田楽に由来する。従って、これを必要以上に世俗離れをした高踏的なものとみなすには及ばない。ただし、観阿弥と世阿弥による猿楽能の革新に際しては、この芸道の理念が考えられていたわけで、それを知った上で楽しむにこしたことはない。

世阿弥の残した『風姿花伝』や『至花道』によれば、能の演技は、老体（老人）と女体（女性）と軍体（武士）の三体に代表される「物真似」と、美しく柔和なる体すなわち能役者の姿態の美しさとしての「幽玄」と、この二つから成ると言う。「物真似」とは、老人や女性や武士ではない能役者がこれらに扮する際に、真に似ていなければならない、ということであるが、しかし、単に写実的でありさえすればよいというのではなく、それに「幽玄」という観客を魅了する能に固有の美が加わらなければならないのである。

このことはわれわれの俳句にも通じるのではないか。能のいう「物真似」とは、俳句では「写生」のことである。「幽玄」とは、「俳句に固有の美」とでも言い替えてよいであろう。「写生」とは、単なるありのままなのではない。侘（わび）、寂（さび）、撓（しおり）、細み、軽みなど、みな「俳諧に固有の美」であったろうし、これ以外にも現代流の俳句らしさの感動の仕方がある。そうした俳句らしさの美を具えてこそ、写生が読者を魅了するのである。

平成4年8月号

11　物と心

外国に出ると、いろいろな友達ができる。外国人ばかりでなく、日本人との貴重な出会いもある。フランクフルトに暫く住んだあとでチュービンゲンに移った折、同じ客員教員宿舎に、体操の具志堅幸治さんが居られて、しばしば楽しい時を共にする機会があった。私がチュービンゲンを去る時には、ゴールドメダリストの具志堅さんに、引越しの荷造りや部屋の清掃を手伝って戴き、大変恐縮した。

具志堅さんと折々に語り合った中で、最も強く印象に残っているのは、体操は体だけでするものではなく、心が大切だという話である。身体のトレーニングを怠ることができないのは当然であるにしても、それに並行して精神のトレーニングを自分に課することができるかどうかが、最後の分れ目になるという。そして、たくましい体が同時にしなやかな体でなければならないように、強靭な心とは柔軟な心でもなければならない、という。

勝敗の際に外に現われるのは身体の技だけである。体の演技だけが採点の対象になるのであって、心が直接見えるわけではない。しかし、判定の計算に算入されない精神力こそが、むしろ究極でものをいうのだ、と、こんなことを、ロサンゼルス・オリンピックのあの奇跡の大逆転の具体例で語られる話には、強い説得力があった。そして同時に、自分の心の動きをこれだけ客観的に分析できる心の強さと柔らかさにも、また感嘆した。

この話、俳句にも大いに参考になる。

俳句は、目に見える物を写生するのみであって、心を直接語ることを差し控える。感動の対象が表現されるのであり、感動そのものを言葉にするのではない。しかし、判定の計算にのらない感動の心こそが、実は大切なのである。したがって、物の表現の技術を磨くだけでなく、物に感動する心の強靭さと柔軟さの訓練こそが、最後の分れ目になる。

平成2年4月号

12　寄物陳思

「寄物陳思（きぶっちんし）」とは『万葉集』に見られる言葉で、「物にこと寄せて思いを開陳した歌」という意味である。柿本人麻呂が言いだしたこととされ、「正述心緒」すなわち「まっすぐに自分の思いを述べた歌」と対になる。『万葉集』巻十一には、人麻呂の寄物陳思が九十四首、一般の寄物陳思が百九十三首、また巻十二には、人麻呂の寄物陳思が十四首、一般の寄物陳思が百三十九首、それぞれ収録されている。

正述心緒の分かり易い一例を挙げれば、

我が背子を今か今かと待ち居るに夜の更けゆけば嘆きつるかも

という歌がある。ストレートに心情が述べられている歌である。これに対し、例えば

遠山に霞たなびきいや遠に妹が目見ねば我恋ひにけり

という歌は、寄物陳思である。遠山に霞がかかって見えないように、もう長いことあの娘を見ていないので恋しい、の意であるが、遠山の霞という物に寄せて、恋心の思いを述べているので、この歌は寄物陳思ということになる。

もっとも万葉の寄物陳思は、右の例のように、上の句で衣や鏡や川や露などの物を出しておいて、下の句では「それにつけても恋しいことだ」といったたぐいの歌が多く、上の句で提示した物について、下の句でその思いを説明してしまうのである。

俳句はどうか。俳句はまさに歌の上の句だけが独立したものである。下の句で思いを説明するだけの余裕はないのである。陳思の部分を欠くことによって寄物陳思を行うものと考えればよい。思いを直接述べるのをさしひかえることによって、すなわち上の句に相当する寄物のみを語ることによって、寄物陳思を行うのである。物に寄せて思いを陳べるのなら、上の句で止める俳句のほうが、本当の寄物陳思と言うべきであろう。

平成8年3月号

13　俳句もの説

秋元不死男が『俳句』の昭和二十九年二月号掲載の論文「俳句と『もの』」で提唱した見解が、俳句における「もの説」と呼ばれて重視されているので、紹介しておく。俳句という文芸は「もの」に執着するのであって、「こと」によりたのむと俳句らしさがそこなわれる、という主張である。

この点については、村山古郷・山下一海共編『俳句用語の基礎知識』（角川選書）に書かれている村山古郷の解説が詳しいので、これを一部引用する。

「かつて、不死男は、〈少年工学帽古りしクリスマス〉という句を作ったことがある。そして、この句を西東三鬼に見せて意見をただしたところ、「少年工は学帽をかむっているのか?」「もちろんかむっているのだ」「それなら〈かむり〉としなさい」と一喝されて、

〈少年工学帽かむりクリスマス〉と改めた。この時不死男は、俳句は「こと」をことあげするものではなく、「もの」をはっきり見つめ、しっかりつかむものだと思いあたった、という。」

言うまでもなく、〈古りし〉といえば時間の経過が述べられたことになり、〈かむり〉とすれば、眼前の対象を書きとめたことになる。俳句は、時間の展開とともに生じてくる「こと」を述べるのではなく、眼の前にある「もの」を捉えるのでなければならない。

俳句は、歴史記述でもなければ小説や叙事詩でもない。時の経過を追って話が進むような記述形式をとるものではない。俳句は、発句として連歌から独立したとき、連歌の、発句から脇、第三、第四…と展開していく時間的継起を絶ち切る文芸として自己を性格づけたのである。俳句のもつ一句独立の切れの働きを生かすためにも、「こと俳句」ならぬ「もの俳句」を心がけるべきである。

平成4年9月号

14　抒情

詩には、劇詩、叙事詩、抒情詩の三つが挙げられるが、劇詩は演劇や映画の脚本へと散文化され、叙事詩は歴史記述や英雄伝記として散文化されているので、今日では詩といえばおおむね抒情詩を指すようになった。俳句も感動や情趣を韻律にのせて表現する文芸であるから、広く抒情詩に含まれることに間違いはない。

ただし、抒情詩といっても、感情の趣くままに情緒的な表現を並べればよい、ということではない。子規が写生を説いたように、俳句のような極端に短い詩型の場合には、主観的内面的な詩興を客観的即物的な対象に託して表現するのが適当なのである。

萩原朔太郎の『郷愁の詩人　与謝蕪村』は、子規の発掘した蕪村が余りにも客観的叙景的平面的な写生主義者に傾いていることに不満を示し、ロマン的な郷愁の詩人としての真の抒情詩人蕪村を描き出した。しかし、朔太郎にとっても蕪村は決して直接的な詠嘆の詩人ではなく「対象に対して常に即物的客観描写の手法を取り」リリック（抒情）を句の背後に隠して表現する抒情派であった。朔太郎は、子規とその一派が切り捨てたこの抒情性をもっと声高にいいたてて蕪村を評価しなければならない、というのである。

子規が芭蕉よりも蕪村を高く買った際には、必ずしも蕪村にリリシズム（抒情性）が欠けていることを評価してのことではない。子規の『俳人蕪村』では、例えば芭蕉の閑寂幽玄の消極的美に対し蕪村の雄渾艶麗の積極的美に共感し、主観美よりは客観美に、天然美より人事美に、簡単美より複雑美に軍配を挙げているのであって、蕪村の句に認められる美の質を問題にしているのだから、美を感得し表現する抒情を否定したわけではない。

子規にしても朔太郎にしても、俳句が物に感じ入る心情を述べる抒情の文芸であることは大前提である。その上で即物的写生が俳句の基本の手法となるのである。

平成23年10月号

15　象徴詩

我が家の墓所が多摩霊園にあることもあって、武蔵境の沢木欣一の家にはよく立ち寄った。そんなある時、欣一が「俳句は結局のところ象徴詩だと思う」と私に語ったことが、今も耳に残っている。その時はついボードレールの『悪の華』のことが頭に浮かんで、どういうことかと思いつつも、話を旨く引き取ることができずに終わってしまった。

十九世紀末のフランスの象徴主義は、科学至上主義や物質優位主義への批判として、デカダンとも結びつきながら、ボードレールに範を求めて、憂愁や倦怠を象徴する自然事象を歌いあげる傾向に始まったが、ランボーなどはむしろ宇宙の生命力の象徴を求めて詩作をしており、象徴派が必ずしも破壊的衝動と結びついているとは限らないようである。

欣一の語りたかったことは、超自然的な宇宙の神秘や時代の社会的な風潮や詩人の内面的な情動を、具象的な物の有様を通して表現するという、象徴主義一般の方法についてであったと思われる。欣一が日頃から説いている即物具象の実際の方法を、象徴の一語で表現したかったのだろう。俳句は即物的対象を象徴に用いる詩だということである。

極端に短い俳句は、事柄を叙述したり経過を展開したりするには不向きの文芸である。考えたことや感じたことを説明して記述する詩ではない。事態や情念という抽象的な内容を述べるのに替えて、それを具体的な物に象徴させて示すのが、俳句に最も相応しい遣り口なのである。欣一が俳句は象徴詩だといった意図はその点にある。俳句の特性を生かすなら、コト俳句にならぬよう、極力モノ俳句に徹する努力をすることである。

俳句が象徴詩だという時に、もう一つ大切な点は、写生された物が何かを象徴していなければならないことである。句には俳趣なり詩情なりが大事であって、いわゆるタダモノ俳句で終わってはならない。いささかでも情趣を暗示した句が求められているのである。

平成22年10月号

16　五感の写生

即物的な写生句とは、思念を働かせる以前の五感の感覚で、対象を直接捉える作品のことである。もちろん思念がまったく働かなければ句にはならないのだが、できあがった作品に理屈や意向の影が濃ければ、写生句とはいえないのであり、働いた思念を極力殺ぎ落として、五感に訴えてくる物の力を表に出すように作るのが、写生句なのである。

五感とは、視覚、聴覚、嗅覚、味覚、触覚の五つであり、それぞれ、眼、耳、鼻、舌、肌の五官によって感得される。この内、対象との距離という点では、視覚と聴覚が比較的距離を置いているのに対し、嗅覚が中間的であり、味覚と触覚とが物との距離を取らないことから生じる感覚である。そして、作句の通例からすると、視覚と聴覚の句が圧倒的に多く、嗅覚の句もまま見られるが、味覚と触覚による句はどちらかといえば少ない。

例えば、或る人の数え方によると、芭蕉の九百八十の発句の中で、視覚の句は数えようもなく多く、聴覚に関わるものも百六十を越えるが、嗅覚を扱った作品は三十五句、味覚についてはわずか三句、触覚の句が十六句だということである。

〈荒海や佐渡によこたふ天河〉は視覚の句であるし、〈古池や蛙飛びこむ水の音〉は聴覚の句、〈菊の香やならには古き仏達〉は嗅覚の句、〈身にしみて大根からし秋の風〉は味覚の句、そして〈ひやひやと壁をふまへて昼寝哉〉が触覚の句、ということになる。

もっとも一句を五感の一つに限るだけではすまない句も多いし、作句に当たっては、二つの感覚の把握を取合せることで、句に趣向が生まれることも多い。写生というとつい眼で物を見ることを思い浮かべがちであるが、聴覚の写生、嗅覚の写生、さらには味覚や触覚の写生があることをも心がけて、五つの感覚を総動員して対象と接することが大切である。味覚や触覚の写生句をも大いに作って、芭蕉を越えるように努めよう。

平成16年6月号

17　小さな感動

俳句で大景を詠むことはむずかしい、とよく言われる。わずかに十七音で対象を捉える俳句であるから、十七音におさまる程度の内容となると、大きな景の描写であればおのずと大づかみにならざるを得ず、焦点がぼけて散漫になりやすい、ということであろう。

もっとも、俳句は最短の詩型に限りなく多様なものを盛りこむことの出来る文芸で、大宇宙の息吹を捉えて伝えることも十分に可能である。大きな風景を十七音に表現し、それが即物的な具象性のある見事な句になっていれば、大きな手柄であり、素晴しいことである。例えば芭蕉の「荒海や佐渡によこたふ天河」の句はそのような作品であり、眼前に広がる大きな光景を的確に捉えた力の溢れる佳句であると言えよう。

しかし、奥の細道の旅で芭蕉は「浪の間や小貝にまじる萩の塵」という観察のこまかい句も作っている。薄紅色のますほの小貝を拾ふ砂浜で、次の波の打ち寄せるまでのわずかな間に、貝と同じような薄紅色の萩の花屑を見つけた、という小さな感動を詠ったものである。こうした小さなものに目を注いで、小さな感動を誘う句材を見つけ出すことのほうが、俳句を作る基本であり、常に心掛けなければならない大切なポイントである。

写生というと、山や海へ向かってカンバスを広げ、大きな風景を描くことを思い浮かべがちだが、俳句の場合は、十七音というごく限られた小型のスケッチブックに対象を写し取るのであるから、どちらかといえば小さなものに目をとめ、それを丁寧に観察することによって生じる「おやっ」とか「あれっ」といった小さな感動を句にするがよい。俳句を生み出す情緒は、大きな感動もさることながら、「おやっ」「あれっ」程度の小さな感動であるほうが、おさまりが良いように思われる。そして、その際に最も大事な点は、その感動を表現するのではなく、感動を誘った対象物を具体的に写生することである。

平成15年12月号

18 純粋経験

西田幾多郎が『善の研究』（一九一一年）の中で「純粋経験」という考えを説いたことは、よく知られる。これは、西洋哲学が、主観—客観という二元的な対応の関係で、知る人間と知られる世界という枠組を認めてきたことに対して、批判的な立場に立つもので、主観と客観、ないし意識と物体、精神と自然、思考と対象などが、未だ分離していない状態、すなわち自分と世界とが一体であるような原初的世界体験を意味する。

例えば、われわれが雄大な山岳や可憐な草花に出会って、その美しさに打たれた瞬間には、ただ感動の体験があるだけで、「山を前にしている私」とか「これは鷺草である」といった、自我の意識や対象の判断は未だ働いていない。このような、思慮分別の作用以前の、体験と世界との一体化した直接的な世界体験が、純粋経験である。

そして、この純粋経験という事実を大切にする西田は、その最も理想的な在り方を「知的直観」と呼び、芸術や宗教の極致にこれを見ている。西田の表現によれば、知的直観の活動は「物が我を動かしたのでもよし、我が物を動かしたのでもよい。雪舟が自然を描いたものでもよし、自然が雪舟を通して自己を描いたものでもよい。元来物と我と区別のあるのではない。…天地同根万物一体である」という。

俳句も芸術を自負するのであるなら、このような純粋経験なり知的直観なりに学ぶものがあってよいであろう。自分と対象との間に距離をとって、主観的な作意を弄しながら客観を構成し上げる、というのではなく、原初的直接的な感動の体験を素直に記述するような作品に、理想の姿を求めたいものである。即物具象とは、物と我との区別なしに作品が具象化してくることであり、写生の極致とはそのような在り方のことではないか。俳句は、一句をひねるものではなく、感動の瞬間の純粋経験の表出でありたいと思う。

平成14年7月号

19 物我一如

芭蕉のことばや考えを書き残した服部土芳著『三冊子』の次の文章は有名である。「松の事は松に習へ、竹の事は竹に習へと、師の詞の有しも私意をはなれよといふ事也。この習へといふ所をおのがままにとりて終に習はざる也。習へと云は、物に入てその微の顕て情感るや、句となる所也。たとへ物あらはに云出ても、そのものより自然に出る情にあらざれば、物と我二ツになりて其情誠にいたらず。私意のなす作意也。」

この一節は、正岡子規の主張した俳句における写生の考えを、すでに芭蕉が語っていたものとしてしばしば引用される。松のことは松に、竹のことは竹に習え、というのは、もともと絵を画く場合の教えであり、絵画の手法からヒントを得た子規の写生説と同様に、芭蕉も絵の技法を念頭において、対象に向かう心得を説いているからである。

右の芭蕉の精神は、一言で「物我一如」と言われる。「日々より月々年々の修行ならでは物我一智の場所へ至間敷存候」という芭蕉の手紙も残されているように、私意を離れて物に没入する訓練をつむならば、物のほうから情趣が自然に現れてきて、その現出のままを我の側で素直に受けとる時、物我一如の句が成る、という。句を作ろうという私情が先に立って作意をむき出しにしたのでは、物と我とが二分してしまって、物の顕現を捉えそこなったまま、主観的観念的な私意の句にとどまってしまう、ということである。

森田峠著『三冊子を読む』（本阿弥書店）によれば「自分勝手な考えを払いのけて、あるがままの対象をよく見よ、ということであろう」とある。フッサールは、事象そのものに迫るために、古代の哲学者にならって、エポケー（判断中止）を説いた。自分の主観的な判断を中止して虚心に対象へ向かうなら、現象の真相が露呈してくるというのである。簡単に言えば、物の在り様に驚くことができるよう心を柔軟にしておくことである。

平成11年2月号

20　報告と感興

句会の席でしばしば「これは報告の句だ」とか「この句は報告調だ」とかいった評が聞かれる。写生句の場合には殊にそうした批評を耳にすることが多い。俳句は何ほどかの感興を伝えるものでなければならないのに、眼前の事態を報告するだけに終始していて、感興ないし感動を欠いたつまらない句だ、ということである。

俳句も文芸の一種であるからには、科学の言明のような客観的な事実判断ですむものではない。俳句にふさわしい感動を伝える価値判断でなければ、俳句とはいえない。しかしながら、美しいとか好ましいといった価値の言辞をなまのまま用いたのでは、主情に流れ過ぎて、写生の句にはならない。俳句は、表面は事実判断でありながら、それが同時に俳句独自の感興にかなった美的価値判断になっているのでなければならない。

報告の句と感興の句との違いは、事実を伝えるにとどまりながら、そこに感興があるかないかによる。事実判断の背後に感動という価値判断が読み取れるかどうかにかかっている。ところが、感興とか価値判断というものは、かなり個人的な要素をもつので、報告に過ぎない句であるか感興を伴った句であるかの判別には、個人差がでてくる。当人は感興を抱いたり感動を覚えたりしたので、その情趣を誘った当の事物を句にしたつもりでも、それが他の人に伝わらずに、報告の句と受け取られることがまま生じるのである。

ところで、最近は合理化傾向の中で皆が多忙になったせいか、俳人の中にも感性の乏しい人が多くなった。行く春を惜しむ心が理解できなくなったり、秋風のさやぎに驚きを感じなくなったりして、写生句とみれば全部が報告句だといってすます情けない俳人が増えた。俳句的な感興に鋭敏であることが、報告の句を排し、しっかりと感興の句を了得する手だてとなる。感興の句を見逃さぬよう、俳句の感性を常に研きたいものである。

平成17年7月号

21 ミメーシス

紀元前四世紀の作品であるアリストテレスの『詩学』は、当時のギリシア演劇の特に悲劇という芸術を材料にして、詩作について考察した芸術創作論である。この中でアリストテレスは、悲劇は人間の行為や生涯のミメーシス（模倣）であるという観点から、芸術の本領をミメーシスとする芸術論を展開し、それ以後の西洋の芸術観の基礎を作った。

『オイディプス王』などの芸術作品としてのギリシア悲劇は、出来事を提示する物語を通して、観客の感情に心痛や畏怖を惹き起こし、その結果、感情の浄化を果たすものである。人生のミメーシス（模倣）である悲劇が、そうした衝撃的な力をもつとすれば、その模倣は単なる偽物（にせもの）や作りごとに携わる欺瞞行為であるよりは、人生の雑事の中から人間の真実を強調して引き出すような積極的な営みであるといえる。芸術は一面で創作的な虚構ではあるが、他面でそれが優れた作品であればあるほど事実以上に鑑賞者の心情を打って止まないものがある。ミメーシスは「模倣」や「再現」と訳されるが、これを少し長い訳語で「具体的かつ構成的な本質呈示」と訳した人がおり、まさに適訳といえよう。

このミメーシスは、俳句では「写生」に当たる言葉と考えることができる。あるいは、写生を考えるのに、西洋芸術論のこのミメーシスが参考になろう。俳句の写生は、単に人生の写しだけでなく、むしろ自然の描写が中心となるが、総じて、人事を含む自然のミメーシス（具象的かつ組成的な本質呈示）にほかならないからである。

俳句では、即物具象というように、具体的な物が詠まれる。それも、有季定型切れという俳句固有の構造で組み立てられる。そして、最も大切なことは、感動の対象のもつ本質を季語との相関のもとに呈示することである。写生が模倣（ミメーシス）であるのは、自然と人間の生命（本質）を具体的かつ構成的に模倣し写し出す文芸だからなのである。

平成17年1月号

22 移調

山本健吉が「写生について」という文章の中で、俳句における移調（トランスポジション）ということを述べている。移調とは、「自分が体験しない現実を想像力によって描き出すことではな」く、あくまでも「自分の体験の支えによって」、つまり「もっとも忠実な写生の徒として」、「一つの仮構の世界を創り出す」ことだ、という。

もともと移調というのは音楽の用語であって、曲の形を変えずに別の調へ移すことである。この語を用いて山本健吉の言おうとしているのは、俳句における写生は、現実の形を写すことに違いないにしても、現実とは異なる言語によって、現実とは別の次元に生じている俳句作品という世界に現実を移し替える作業だ、ということであろう。もはや現実そのものではない作品の世界は、「なまの事実の拒否の上に成立つ」「完全な小宇宙」である。

現実を言語で掬い上げる俳句は、各一句が独立した力を発揮するのである。

別の言い方をすれば、俳句の写生は「切れ」によって現実を切り離す営為である。切れとは、発句の独立性を保証する形式上の制約に違いないのだが、その働きは、現実を拒むことであり、現実そのものではないという意味での非現実の世界の創出である。健吉は、「現実は断片であり、作品は完結した世界である」ともいう。写生によって雑多な現実から切り出された作品は、もはや現実から「切れ」て独立した世界を構成する。

句会の折に、自句に関して、自分の見た実際はかくかくであったのだから、この句はかくかくに理解してくれ、と主張する人がいるが、それは俳句における移調が分かっていないことになる。句はあくまでも現実を踏まえた写生の上に成り立つのだが、完成した句は、現実から切り離され独立した作品として観賞されるのである。しかも現実から切れた非現実の作品は、現実以上に現実的であろうとするのが、真の写生句なのである。

平成12年11月号

23　正月の句

正月の句は作りにくい、という声をしばしば耳にする。私も長いあいだ句を作ってきた体験から、そのように感じてきた。しかし、「風」で写生を勉強するようになってからのこの十年ほどのあいだに、いつの間にかそうした感じは薄らいでいった。

思うに、新年の句が作りにくいというのは、正月はめでたいものという固定観念にとらわれているからではないか。表立って特にそれを意識しているわけではないにしても、新年の部の季語からして、すでに日本文芸史規模での積年のおめでたさがそこに沈澱していて、その季語を用いる際に、心理学者のユングの言うような歴史社会的なレベルでの無意識層が顔を出すのである。一生懸命作れば作るほど、出来上がった句は観念のとりこになっていて、いかにも月並な句に見えてくる。つい観念句に流れてしまう傾向とそれを月並と思う心との間の葛藤が、正月の句は作りにくいと言わせているのである。

観念に縛られずに物を見るにはどうしたらよいか。写生に徹することである。しかし、それは言うに易く行うに難い。写生をしているつもりが、観念はいつも無意識下で滑り込んでくるからである。したがって、観念を離れて写生に徹する方途に、これといった速効薬があるわけではないと、腹をくくることが大切である。その上で、脱観念をつとめて心がけることによって脱観念を学び、写生の訓練を自らに課することによって写生を学びとるほかに、とりたてての良策はないようだ。

古代の哲学者達が既成観念から自らを解放し心を柔軟にして物の真相を見ようとするとき、しばしば実践的な倫理の問題に立ち到ったように、物を見るとは、単に知識や観念の問題ではなく、実践の中で実践を学ぶことから次第に獲得されることなのである。

観念にとらわれがちな正月こそ、観念からの解放を実践するによい機会である。

平成2年1月号

24　自然美と芸術美

美を類別するのに、すでにカントが論じているように、一般には自然美と芸術美とに分けて考えるのが基本である。カントは、自然美は純粋に求められた美であるだけに、人間の恣意の介入する芸術美より勝ったものと考えたが、イタリアの哲学者クローチェは、自然美といえども「芸術家の眼をもって眺める人にのみ美となる」のであるから、自然美が優位をもつとはいえない、という。自然美も芸術美あってのこと、というのである。

クローチェのように、自然美を芸術美に解消させてしまう傾向は、カント哲学を批判的に継承したドイツ観念論の中で培われていった。精神と自然との根源的同一性を説くシェリングの哲学は、その同一性の現れの典型を芸術作品に見ているが、ここでは自然美と芸術美の一致が、芸術美のもとで語られた。シラーの芸術論も芸術美に美の自律性を求め、ヘーゲルも、美をもっぱら精神による芸術美とみなして、自らの美学を展開している。ところで、このようなドイツ観念論のもとで自然美の影が消えていくことに抗議をしたのが、アドルノであった。彼は、自然と人間の親和的一体が、啓蒙という文明化で切り崩されたと考え、理性による自然の抑圧を嘆いた。自然美が軽視され、精神に媒介される芸術美が支配的になるのは、技術による自然破壊に平行した現象で、本来は自然美があるからこそ芸術美が可能であるのだから、芸術は抑圧された自然を解放し、真の自然美を見届ける作業に徹するべきだ、というのである。そして、今日ではこのアドルノの影響下に、自然破壊を批判し、健全さを美学の主題とみなすエコロジー美学が説かれてもいる。

近ごろの俳句の傾向も、近代化や啓蒙化の精神に影響され、技巧を働かせ過ぎて、自然破壊に荷担する結果になってはいないか。アドルノの説くように、芸術は自然美のミメーシス（模倣＝写生）につとめて、心を打つ対象をしっかり捉えることが大切である。

平成19年9月号

25　自然の権利

近代科学の発展とそれにともなう技術の進歩によって、人間の生活は便利になり、効率のよい豊かなものになった。しかし、反面で、目先の有用性ばかりを追っている内に、大気や土壌の汚染、地球の温暖化や砂漠化、生態系の破壊や生物種の絶滅など、深刻な公害や環境荒廃が生じ、人間の生存そのものまでもが脅かされるに至っている。

そこで近ごろは、自然も権利をもつという「自然の権利」思想が生まれた。その先駆をなすものが、レオポルドの説いた「土地倫理（ランド・エシック）」の考えである。今日の言葉でいう環境倫理である。土地倫理の土地とは、レオポルドによれば「土壌、水、植物、動物」の「総称」であり、つまりは生態系自然のことである。そして、人間も「生物の集団の一構成員に過ぎない」のであるから、土地という生態系自然に依存して生きる生物共同体を考え、その共同体の倫理を確立することが求められているのだ、というのである。

この思想の背景には、近代の科学技術が人間の都合にあわせて自然を利用してきた人間中心主義に対する批判がある。人間は自然の支配者であり、人間の思惑に従って自然をいかようにでも活用してよいという、人間の思い上がりが、自然の権利を奪ってきたのであり、この不遜を反省して、自然に対する謙虚さを取り戻そう、ということである。

翻って俳句を考えても、似たようなことがいえるのではないか。芭蕉は「松の事は松に習へ、竹の事は竹に習へ」と説いた。私意を捨てて対象の在り方に従え、ということであり、これが写生という俳句の基本につながる態度といわれている。露骨に作意を働かせ、技巧に走った句を作るというのでは、こちらの都合で自然に対して無理強いをするわけであるから、自然の権利を無視することになりかねない。作句技巧は科学技術と同平面の風潮であり、自然の生命の簒奪の片棒を担ぐことにならないよう慎みが求められる。

平成16年4月号

26　芸術哲学

芸術（詩の制作）を考える上でひとつの示唆を与えてくれる哲学者に、シェリングがいる。シェリングは、実在する自然と意図する精神とを同一の事態と考える同一哲学を展開したことで知られる。自然という世界は物質として実在しているだけのように見えても、その根底には創造的な活動があり、それは、芸術という意識的な制作を行う人間の精神の底に存在する創造的活動力と同一のものだ、というのである。

シェリングは後になると、人間における自由や悪の問題に踏み込んで、歴史哲学や宗教哲学へ深入りすることになるが、哲学活動の前期には、自然哲学（実在哲学）と芸術哲学（精神哲学）と、そしてその両者の同一性を論じる同一哲学を展開した。

同一哲学を背景にしたシェリングの芸術哲学によれば、芸術は、自然の中に働いている無意識的な活動力を精神という意識的な働きで表現にもたらすもの、である。表現にもたらす、とは、万人が理解できるような形に客観化することである。哲学者は、自然の実在と精神の意図との同一性を、知の直観で捉えて論理的観念的（抽象的）に語るが、芸術家は、これを美の直観で捉えて実在的即物的（具象的）に語る。実在的即物的とは、論理的観念的な主観の精神が、現実的物質的な客観的自然の側に即応して事態を表現するということであり、哲学より芸術のほうが精神活動としては自然との同一を体現した形になる。

これは、俳句の基本である客観写生や即物具象ということに通じる。俳句は文芸としては精神の意図的意識的な創作活動である。しかし、それを哲学のように精神のもつ観念的抽象的な主観の働きそのままの形で語るのではなく、芭蕉の造化帰一に通じる自然の創造力を体した仕方で、すなわち自然に合わせた即物的具象的な客観形式で表現するのでなければならない。精神による即自然の写生が俳句なのである。

平成20年6月号

七、俳趣

1　俳趣

俳味とか俳諧味という俳句のもつ固有の味わいがある。だが、俳味や俳諧味というと、それはしばし飄逸とか洒脱という意味に限って用いられることが多く、もう少し内容に幅のある俳句の本質を言い当てる言葉はないかと考えて、これまでに俳句性とかさらには俳趣という言い方をしてみたことがあった。俳趣とは俳句的情趣のつもりなのである。

ところが最近読んだ中村幸彦『近世文藝思潮攷』（一九七五年、岩波書店）に、「今、俳趣味の基本をなす美的要素を俳趣と称してみる」とあり、この語を最初に使った人の居たことを知った。すでに俳趣味という語があって、それを略したもののようだ。この書は論文集で、当該論文の初出は昭和四十五年とのこと。そして、「ここにいうところの俳趣とは、蕉風俳諧が生んだと思われて、その後の近世文学全般にも影響し、近世人の風流生活の中に生き続け、更に芭蕉後の俳諧文芸を規制してきた美意識をさす」とある。

その俳趣の内容とは、この著者によれば、「雅俗二つの相対する概念の組み合わせ」であり、「虚実なる相対する概念の組み合わせ」であり、「不離不即」の「中ぶらりん」の状態であるという。それはまた「淋しさ・おかしさの相対する二つの概念の取合わせ」であり、「抒情と叙景、主観と客観の渾然たる統一」でもある。相反する二つの契機の中でその取合せをとりはやして楽しむこと、それが俳趣にほかならないのである。

もう少し分かり易く言えば、現実に出会う対象を次々と句に取り入れることで日常の俗語（俳言）を文芸にまで高めるのが俳句であるが、それを、実人生から少し距離を取った不即不離の場で行う、ということである。それは、人生に淋しさとおかしさを覚える場所での営みであり、そうしてこそ寂莫と滑稽が文芸的な共感や共鳴を誘うことになる。物と心も同じことで、即物的叙景に徹することが感動的抒情の句になっているのである。

平成18年3月号

2　俳句の心

恒例となった新年合同句会の席で、即物具象の写生句という従来の結社理念を確認するとともに、加えて、物の写生によって表現されている心についても気を配るように、という話をした。俳句が文芸である以上、何がしかの感動が籠められているはずであり、他人の共感を呼ぶためにも、心に訴える精神的な価値が含まれていなければならない。

『去来抄』にある芭蕉の評言に「俳意たしかに作すべし」という言葉があるように、俳句（俳諧の発句）には固有の風趣があり、俳句はその情趣をしっかりと表現していなければなるまい。その情致趣向とは、俳味の一語に尽きるのだろうが、具体的な内容としてはさまざまのことが言われてきた。先ずは、滑稽や卑俗が俳諧固有の詩情であったが、蕉風に至って、さび（閑寂枯淡）、しほり（凋落哀憐）、ほそみ（繊細微妙）などのわびの美意識が登場し、また、あだ（無邪気）とか、かるみ（無作為平明）などが説かれた。これらは、いわば俳句の目で物と対峙した際の心の打たれ方であり、今日でも写生句による物の提示の背後にこうした心が認められることは十分にあり得る。

また、山本健吉が、俳句に固有の性格として、滑稽、挨拶、即興を挙げた話はよく知られる。滑稽（道化諧謔）は俳諧と俳句を通じての美の理念として受け継がれてきたが、今日ではユーモア（有情滑稽）と理解するのが妥当である。挨拶（存問返答）の心は古典詩歌以来の日本の文芸性の一つで、俳句の場合は、土地（俳枕）への挨拶、季節（季語）への挨拶と考えてよい。即興（打座即刻）とは対象から得た感興を即座に句にまとめることで、眼前直覚に基づく瞬間の文芸といわれる俳句の本領を言うものである。

要は、実在に打たれた驚きの心であり、対象と観念との間のずれの意識である。俳味を生むこうした心が写生の句のどこかに感じられるような配慮が欲しいと願う。

平成13年3月号

3　俳諧の精神

俳句という名称は、明治の二十年代になって正岡子規が用いてから一般化したものであり、それ以前は発句と呼ばれていた。発句とはいうまでもなく、俳諧（俳諧連歌、連句）の最初の一句（立て句）のことで、季節を詠み込んだ五七五のこの立て句が、一句の中で意味の完結した独立性をもつものであったことを利用して、江戸時代の初めころには、発句のみを作って楽しむ風習が広がっていたのである。

俳句がもともと俳諧の発句であるとすれば、俳句は、形の上での有季と定型という立て句の約束を継承するだけでなく、内容の点でも俳諧の精神を何程か受け継いでいなければならない。その精神とは恐らく、山本健吉の指摘した「滑稽」「挨拶」「即興」ということであろう。この三つに尽きるかどうかは別としても、暖かいユーモアの心で（滑稽）、親愛の情を交わし（挨拶）、機に臨んでの感動を重んじる（即興）、の精神は、俳諧に由来するものとして、現在の俳句においても生かされてよいであろう。

俳諧は、連歌の流れの中でも、和歌の情趣を保とうとする優雅な有心（うしん）連歌や堂上（とうしょう）連歌ではなく、これに造反する無心（むしん）連歌や地下（じげ）連歌の機知に富む自由な庶民性を受け継ぐものである。そして、連歌そのものが、万葉集巻八の「佐保川の水を堰き上げて植ゑし田を（尼作る）／刈れる初飯はひとりなるべし（家持継ぐ）」の尼と家持との唱和の歌や、日本書紀巻七の「新治筑波（にひばり）を過ぎて幾夜か寝つる（日本武尊）／日々並（かがな）べて夜には九夜日には十日を（秉燭者）」の問答の歌に、起源を求めることができるとするなら、これらは形は和歌でも、その情趣はまさに諧謔滑稽であり親和挨拶であり臨機即興である。連歌の精神は最初から俳諧的であり、和歌の情趣を保つことにあったのではないといえる。

俳句は、このような俳諧の精神、ひいては連歌の精神につながるものなのである。

平成9年9月号

4　挨拶

戦後しばらくしたころ、山本健吉が俳句の本質として「滑稽」「挨拶」「即興」の三点を挙げ、議論を呼んだ。ちょうど私が俳句を始めて間もないころで、特に「俳句は挨拶なり」という言葉に耳新しさを感じたことを覚えている。

俳句はもともと連句の発句が独立したものであるから、歌仙をまく際の発句の立て方にその精神を学ぶことができる。そして、例えば『三冊子』に「挨拶第一に発句をなす」とある通り、発句は挨拶の心をもって立てるべきものであった。したがって、挨拶の気持が俳句作りには最も大切であるというのも、決してゆえなきことではない。

挨拶とは、とりあえずは人への語りかけであり問いかけである。だが、俳句は単に日常の会語にとどまらない。人同士の対話を越えて、むしろ土地への挨拶であり、また自然への挨拶である。俳句は、自分の住んでいる土地や自然に対して、これをいとおしく思う心で挨拶の言葉を贈るのである。旅をして他所の土地や自然に接したならば、これに礼を尽くす心で挨拶の言葉を掛けるのである。

土地には人が住むことによって、その地に固有の文化が生じる。地方色の濃い祭祀や産業が生じる。また、自然は四季の移ろいに応じて多種多様の顔を見せる。季節感の強い山河や動植物を提供してくれる。俳句の挨拶とは、こうした文化への挨拶であり、季節への挨拶なのである。

ところで、細見綾子の第七句集が『存問（そんもん）』と名付けられているが、この存問とはまさに挨拶のことである。その句集のあとがきで綾子は、これまで俳句の道を通して大自然に対する挨拶を続けてきたが、同時に「自然から存問される恩恵の広さ深さ」を知った、と述べている。俳句は、対象からの挨拶を聞き取ることでもあるのだ。

平成2年3月号

5　地霊への挨拶

このところ、栃木県の栃木と茨城県の古河（こが）とを続けて訪れる機会があり、地方にもいきいきとした町のあることを知って嬉しく思った。どちらの町も駅に観光案内所があり、町の見どころを歩くことのできるよう丁寧な地図が用意されていた。

栃木は日光東照宮造築を機に利根川水系の巴波（うずま）川の舟運で栄えた商人の町だが、幕末の天狗党の乱で町並を焼失し、それ以降は耐火の蔵造りを奨励したので、火災を免れた古い蔵を合わせ現在は四百を越える蔵が町に残っている。これを使っての町興しが成功し、人を集める町になった。古河は幕府の大老になった土井利勝の城下町。幕末には家老の鷹見泉石が蘭学者として名を馳せた。古河城出城跡には立派な歴史博物館が作られ、萱屋根の武家屋敷の泉石の家も残る。歴史小説家永井路子の店蔵の旧居や日本で初めての篆刻美術館など、文化の香りの高い町である。渡良瀬遊水池に近く、町内に鰻屋が多い。

実は、幕張の放送大学へ通うことになって、千葉や大宮に宿泊する機会が増えた折に、関東地方の小都市に関心を持ち、『関東小さな町小さな旅』（山と溪谷社）を求め楽しそうな町に寄ってみるようになった。大多喜、野田、岩槻、結城、下館、黒羽などを、この書の案内で歩いた。栃木と古河も本書に教えられた。佐原、佐倉、益子、柴又、谷中、深川、佃、小田原、川越、秩父、足利など、かつて歩いたことのある町も載っている。

俳句には地霊への挨拶という一面がある。地霊とは、それぞれの土地に歴史的に形成されてきた文化的精神のことである。自分の住んでいる土地の特色を打ち出した地方色の濃い句を作る一方で、各地へ出かけて新鮮な驚きを経験しつつ、その土地の文化の特質を摑み取ることも大切である。幸い近ごろは自らの町の特徴を生かしての町の活性化に熱心なところが多くなった。シャッター通りに無縁の活力ある町を探して出かけてみよう。

平成21年7月号

6　ユーモア

中学時代の級友に大坪という男がいた。大坪は本をたくさん持っていた。家が近いこともあって、学校の帰りに寄り道をしては、彼の家にあがりこんで本を読ませてもらった。家には彼の父親の姿がよく見られたが、それが椎名麟三という作家であることは、あとになって知った。そんな縁で、大学に入ってから、私のサークルに椎名麟三を呼んで、話をしてもらったこともあった。

椎名麟三は、昭和の初期に労働運動に身を投じて逮捕され、獄中で転向して、戦後『深夜の酒宴』で文壇に登場、しばらくは「死」のテーマを扱っていたが、やがてキリスト教の洗礼を受けるに及び、『邂逅』以降は宗教的な「ユーモア」をモチーフとした創作活動を展開した。

この椎名文学のユーモアは、例えば神である筈のイエスが尻に襁褓をあてがわれて飼葉桶に眠っているというような、本質（神）と現象（襁褓の赤子）の食い違いから生じるおかしさを意味する。神という絶対者が人間という有限者と関わりをもつ宗教的な場面においては、この種のおかしさがつきまとわざるをえない。椎名麟三はこのユーモアを、デンマークの実存哲学者キルケゴールから学んだ。

キルケゴールによれば、ユーモア（諧謔）はアイロニー（皮肉）と並んで、内面の本質と外面の現象との齟齬のおかしさから生じるものだが、アイロニーが冷たい攻撃的な否定性を具えているのに対し、ユーモアは暖かな救済の肯定的性格をもつという。アイロニーは倫理的な審きへと道を開くが、ユーモアは宗教的な愛へと道をつける、ともいう。

川柳がアイロニーに傾くのに対し、俳句はユーモアのおかしさを大事にする、とよく言われるが、俳諧味としてのユーモアは対象を肯定する暖かみに本領をもつのである。

平成3年3月号

7 かるみ

芭蕉が晩年に説いた俳諧の理念「かるみ」については、多くの人がさまざまに解釈を加えてきた。それが議論を呼ぶのは、芭蕉の直接の言葉の中に「かるみ」がたびたび出てはくるものの、その内容の説明となると、もっぱら弟子たちの聞き書きによらざるを得ないという事情による。しかも、門人たちの言うところは、必ずしも正確ではない。

「かるみ」といえば必ず言及されるのが、〈木のもとに汁も膾も桜かな〉の句について「この句の時、師のいはく、花見の句のかかり（趣向）を少し心得て、軽みをしたり、と也」という服部土芳著の『三冊子』の言葉である。この句は、奥の細道の旅の翌年の元禄三年春に、伊賀上野の風麦の家で行われた八人吟四十句の俳諧の発句で、すぐその後に膳所で巻かれた三人の歌仙の折にも用いられている。木の下で花見をしていると、並べた料理に花びらが入って、桜汁や桜膾になってしまう、の意である。これを軽みと考える根拠は、汁や膾という日常平俗の言葉や対象を気軽に用いているからだ、といわれる。

或る人に宛てた杉風の手紙には、芭蕉先生は「軽くやすらかに不断の言葉ばかりにて」「かるく埒もなく不断の言葉にて」句を作るようすすめている、とある。余り言葉をひねらずに平易な普段の日常語を使うことが、軽く作句することなのだ、という。

「かるみ」は、果して蕉風俳諧の根本理念なのか、あるいは、或る年令に達した芭蕉の芸の境地なのか、また、俳諧の特に付合の転妙さをいうものか、など、議論はさまざまだが、これが今日のわれわれにとっていくばくかの指針になるとすれば、詩語になるようにとの作意など弄せず、平明な日常の言葉で句を作る、ということであろう。私意の介入を遮断し、平明な写生句に徹することである。日常とは、眼前に経験できる生活のことであり、歴史や比喩などの非日常に素材を求めることも避けたいものである。

平成13年10月号

8　諸行無常

諸行無常という言葉は『平家物語』の冒頭の一節としてよく知られている。「祇園精舎の鐘の声、諸行無常の響あり。娑羅双樹の花の色、盛者必衰の理をあらはす」とある。

この諸行無常の語は、もともと大乗経典の一つの『涅槃経』の説く雪山偈（せっせんげ）「諸行無常、是生滅法、生滅滅已、寂滅為楽」の最初の句に由来する。諸行とはあらゆる個々の現象の意、無常とは生滅変化するの意、したがって、諸行無常とは、この世の一切が個別存在から成っており、それは転変とどまるところを知らない、ということである。

この諸行無常は、諸法無我、涅槃寂静と合わせて、仏教の三法印といわれ、仏教の真理を示す三つの旗印の一つとなったが、諸行無常は特に三法印のもう一つの諸法無我と深くつながってもいる。諸法無我とは、自分といえども他者との関係で多面的存在であるように、すべてのものは他のものとの因縁によって生じており、存在は独自で存在しうる実体存在ではなく、他とのつながりで存在する関係存在である、ということである。諸行という個体存在も、固定される実体をもつわけではなく諸条件の縁起のもとで生起する関係存在であるがゆえに、無常という有為転変のもとに流転していくのである。

この仏教の無常論が日本に入ってからは、仏教理論の厳密さよりも、人の世のはかなさという情緒的な形で受け止められ、特に文学作品の主題として詠嘆的に捉えられる方向へと進んだ。和歌から連歌や俳諧を経て生まれた俳句も、この日本文学の流れに棹さすものである以上、諸行無常に対する感嘆が底流にあると考えられる。それは概していえば、自然の生み出す諸物の変化に力強さを感じる一方、それとの対比で、人間の作り成す諸事象の移ろいにはかなさを感じ取る、という傾向をもつ。動いていく季節の変化の中で、自然の生命力を讃えつつ、人事の古びゆく侘しらの趣きを楽しむのが、俳句のようである。

平成18年7月号

八、技法

1　提示の文芸

俳句は〈述べる〉文芸ではなく、〈示す〉文芸である。記述の文芸ではなく、提示の文芸なのである。

文芸にも、小説、戯曲、随筆、詩、短歌など、各種のジャンルがあるが、これらに対して俳句の最もきわだった特質はと言えば、わずか十七音の極端に短い形式による点であろう。そして、この特徴を生かすことが俳句にとって大切であるとするなら、俳句は〈述べる〉ことを極力つつしみ、専ら〈示す〉ことに徹するがよい。

時間の移りゆきとともに生じる客観事象の変化や経過を〈述べる〉のは、物語や説明であって、これは他のジャンルのほうがずっと適している。また、時間の流れとともに湧き起こる主観感情の変転や経緯を〈述べる〉のは、抒情や吐露であって、これも他のジャンルのほうが勝っている。切れや省略を武器とする短い俳句がこの真似をしようとすると、句が間伸びをして焦点がぼけてしまう。俳句は説明や吐露を嫌う文芸なのである。

客観写生という俳句の本質を示す言葉も、このことを言うのだと思う。客観というからには、主観的な心情の吐露が排除されなければならない。そして、写生というのだから、写生画のように何か具体的な物がそこに提示されていなければならない。感動をなまの形で吐露したり、出来事の展開を説明したりするような、記述の文芸ではない、というのが客観写生の意味するところである。

しかし、だからといって、俳句は心情や感動を無視せよ、というのではない。心情や感動があってこそ俳句になるのであり、それを欠いた文芸のありえないことは、言うまでもない。情感を直接述べるのではなく、情感の対象となった物を〈示す〉ことによって、主観的な情感を間接化して表現するのが、俳句なのである。

平成元年9月号

2　瞬間の文芸

俳句の手法の基本は、正岡子規の唱えたように、「写生」にある。写生とは、言うまでもなく、絵画において物の見えるがままを写し取る態度のことである。したがって、俳句は絵画の本質に一脈通じる要素を持つもの、と言えよう。

絵画の一番の特徴はと言えば、描かれている対象が固定化されていることにある。小説や演劇や映画や音楽のような芸術では、描き出される内容が時間の流れとともに変化していくのだが、それに反して絵画の場合には、対象の或る瞬間の状態が切り取られて、固定化して表現されることになる。俳句も写生をこととするのであるなら、絵画に倣ってできるだけ瞬間の表現を試みることが大切である。瞬間を切り取って提示すること、特定の一瞬を固定化すること、これが絵画と俳句との双方に通じる写生の本領である。

しばしば、コト俳句よりモノ俳句を、と言われるのも、この点についてのことである。時間の経過とともに生じる「こと」の展開を記述するのは、わずかに十七音の俳句にはそもそも不向きなのである。ことのなりゆきを句にするのではなく、なりゆきの瞬間の断面を切り取って、そこに現出してくる「もの」を提示するのが、俳句にはふさわしい。

もっとも、写生は写真ではないのだから、ある瞬間に目に映るすべてを画や句に描くには及ばない。絵画や俳句における瞬間描写とは、写真のように瞬間の平板化のことではなく、余分なものを極力切りつめて感動の対象物を際立たせることである。殊に初心者は、俳句を「瞬間の文芸」と心得て、じっくりと時間をかけて観察した対象をどのような瞬間で切断して見せるか、十分に検討して句にするがよい。

キルケゴールは、瞬間こそ時間における永遠との接点だと言う。すたれることのない永遠の作品は、時間を切断した瞬間の凝縮を宿すものに多い。

平成元年12月号

3 決定的瞬間

詩人の石原吉郎が折々に書いた文章を集めたものに『望郷と海』（筑摩書房）と題した書物がある。その中の短文「不思議な場面で立ちどまること」の一節を引用してみる。

「私の手許に一枚の写真がある。ありふれた外国映画のスチール写真だが、いまだに私はその場面に奇妙にひかれる。それは高い足場の上で、二人の青年が危うげに身をささえている場面だが、二人は建物の角をはさんで互いに相手を待伏せてでもいるように、ぴったりと壁に背をつけている。だがよく見ると、一方の男は片手に一匹の猫をつかんで、他の男の方にさし出しているのである。これを奇妙な場面と考えるかどうかは、見る人の自由である。だが、…私たちが疲れきって歩きまわる町々では、およそこういう、私たちがその展開に参加できないままの奇妙な場面に、いくらでも遭遇できるはずである。」

そして石原は続けて、「このような長い物語をある一点で切断した」「人生の切り口」のようなものは常に「同時に無数の場面に展開しうる可能性―危機とも言うべき不安を内蔵している」がゆえに「ある戦慄のようなものを含んでいる」という。無数の可能性が危機的な不安を呼ぶのは、この先いまだどうなるか分からない無ともいうべき未来を前にして、不安にたじろいでいる人生の根本の在り様からくることである。

五七五でいわば一口に言い切ってしまう俳句は、ある意味で、このような長い物語の切断の切り口の提示だ、といってよいであろう。前後の話は省略して、瞬間に見えている場面を切り出すことにより、さまざまな種類の感動を誘発するのが俳句である。感動は、常に人生が未来という無へと切断されているそのことによって生じる。俳句はその意味で、瞬間の文芸と称してよい。だいぶ前に、ブレッソンの写真集のタイトルの「決定的瞬間」の語が流行したが、俳句は芸術写真に似て「決定的瞬間」の文芸なのである。

平成8年5月号

4　省略の文芸

俳句は省略の文芸だといわれる。わずか十七音の言葉で、完結した意味をもつ内容を、それも豊かな情趣を盛り込んだ内容を表現するのであるから、できる限り無駄な言葉をそぎ落として、言葉の省略につとめなければならない。

例えば〈一日のはかなき生命白木槿〉という句が出たとする。句会の指導者は、この句は初心者には分かり易いかもしれないが、実は季語の説明に終始している句でよろしくない、というだろう。木槿は昔から一日の栄といわれ、栄華のはかなさにたとえられる。したがって、右の句は、座五の「白木槿」だけが眼前の写生で、「一日のはかなき生命」は観念として木槿の語の中に内包されているのだから、敢えて表現する必要はなく、省略すべき言葉なのである。「陽炎に揺れて…」という句があれば、その多くは「陽炎や…」とか「陽炎に…」だけで十分で、一般に「揺れて」は省略できる。

そもそも俳句が「切れ」を利用すること自体、省略の文芸であることの端的な象徴である。切れ字や体言切れなどは、その先の言葉を消すことにほかならない。切れや省略の先を補うのは、句を読んで鑑賞してくれる側の力量にまかせることとなる。俳句は、省略することで多くを詠み込むという、逆説的な作業が要求されるのである。

もっとも、省略によって他人に意味の伝わりにくくなる弊害があることは、注意すべきである。独りよがりの句になっては困る。また、近ごろ目につくのは、過度の省略による日本語への虐待である。省略できる助詞は省いてよいが、省略できない助詞まで省略してしまったり、終止形と連体形の異なる動詞の連体形の一字を省略して三段切れの句を作ったり、字数を揃えるために日本語として実に不自然な表現を平気でしたり、そんな例がまま見られる。やむをえない無理と許されない無理とのけじめだけは守りたいものだ。

平成10年8月号

5　禁欲の文芸

禁欲などということは、近ごろは余り人の心にないのかもしれない。人それぞれに多様な生き方が許される世の中になって、社会的制約が厳しくのしかかっていると強く感じられるような場面が少なくなったせいであろう。人権が尊重され自由度が拡張したことは、勿論好ましいことで、無用な禁欲を強いられるなら、それこそ非人間的なのである。

しかし、人間が社会的な存在である以上、禁欲が不用になることはあり得ない。皆が欲のおもむくままに行動すれば、社会が成り立たないのは明らかである。成長した社会においては、禁欲が重荷にならない程度に、基本的な禁欲を皆が守っているのである。

ところで、俳句は一面で禁欲の文芸である。感動が大きかったり観察内容が豊富だったりして、言いたいことがたくさんあっても、わずか十七音の範囲で表現しなければならないのだから、削れるところは極力除去して、ポイントを絞らなければならない。俳句は、引き算の文芸と心得て、感動を伝えるのに何を省略すべきかを考えるとよい。そのための一つの方途は、コトや動詞にたよるのを極力やめて、述べたいことをモノや名詞に托するよう心掛けることである。つまりは、即物具象の道を志すことである。

更に、俳句における禁欲ということで思うのは、十七音の制約だけでなく、特に季語の制約についてである。季語は連歌の発句以来の人為的な約束なのであり、約束はこれを守るのでなければ意味はない。例えば「運動会」といえば秋、「バナナ」といえば夏、というように、歳時記というういわば六法全書で規定されているのだから、春の運動会に参加しても運動会の句は作らない、とか、冬にバナナを食してもバナナの句は作らない、という程の禁欲の心が欲しいのである。また、安易に季重なりの句を作らない、という禁欲も大事である。季語には文芸の歴史が固有の生命を与えているのである。

平成13年7月号

6　平明の文芸

「俳諧は三尺の童にさせよ」という芭蕉の言葉が土芳の『三冊子』に残されている。三尺とは身長が三尺（約九十センチ）程ともとれるが、中国で年令について二歳半を一尺とする例があり、三尺は七歳半くらいと考えることもできる。要は、句を作るに当たってはいまだ純真にして素直な子供の心をもってすべきである、ということである。

この言葉は、「巧者に病あり」と述べて、熟達したものが佳句をなそうと私意を働かせる弊をさとすものであり、句を作る際に余計な工夫を凝らすことなく、子供の無心さに倣って平明を心掛けるように、という教えである。去来の『旅寝論』にも、芭蕉が死の直前に「ただ子供のする事に心をつくべし」と述べたと伝えられているが、無垢な子供の心に戻れとの勧めは、去来が伊賀蕉門の傾向として挙げている「あだ」という詩趣に通じる。

あだとは漢字で書くと徒（あだ）であり空（あだ）である。実（じつ）の欠けたことであり、はかないこと、無駄なことであるが、それが転じて、俳論の用語としては、幼児のごとき無心かつ無邪気な態度で作句にのぞむ姿勢を表すものとなった。『去来抄』では、「伊賀の連衆にあだなる風あり。これ先師の一体也」とある。あだの風趣は先師芭蕉の晩年の態度に通じるもので、芭蕉の亡き後も土芳らを中心とする伊賀の蕉風の中に根付き受け継がれていった。

芭蕉晩年の態度とは、軽みのことである。軽みとは、技巧に走らず無作為の平明な表現を志向すること、淡々とした率直を心掛けて句作りに向かうことである。芭蕉は生涯の内にさまざまな試みをしながら、遊興性の強い俳諧を芸術性を具えたものへと高めていったが、その究極が、童心の嬉戯に通じる平明の積極性の容認であった。

平明とは、分かり易くはっきりした様である。誰が読んでも、容易に感動や余韻の伝わる句である。改めて平明のもつ力を認識したい。俳句は平明をよしとする文芸である。

平成27年3月号

7　明晰判明

大野晋著『日本語練習帳』（岩波新書）が売行きを伸ばしているという。日本人として日本語の感覚をみがきたいと願う人が多いからであろう。

この本に引用されている文が漱石や鷗外などの古いものが多いとの批判もあるが、私の読んだかぎり、さほどの抵抗を感じなかった。日本語使用の際の微妙なニュアンスを考え直してみるには、格好の楽しい読み物であるように思う。

この本の「まえがき」に、文章を書くには「Klar（クラール） unt（ウント） Deutlich（ドイトリッヒ）（澄明で区別明瞭）という」ことが何よりも大切だ、と書かれている。ここで言われているクラール・ウント・ドイトリッヒとは、デカルトが第一原理を導く際の条件として述べたclair（クレール） et（エ） distinct（ディスタンクト）のことで、哲学では一般に「明晰かつ判明」と訳されている。明晰とは誰の目にも明らかなこと、判明とは他のものから識別できること、である。

諸真理を演繹する哲学上の最初の原理が明晰判明なものでなければならないかどうかは別としても、文章は何を言っているのか分からないような混濁したものでは困る。明晰判明に書かれていてこそ、文章としてすぐれて意味があるのである。

俳句も同じことではないか。文章なら、あるいはあとで言い換えもきくし、補足も可能である。だが、俳句は端的に言い切ってしまうのであるから、むしろ一般の文章以上に、明晰判明であることが求められよう。俳句は平明であることが大きな利点として働く。

当人だけが分かっていて他の人には意味不明であるような独りよがりの句や、作者自身にすらも明瞭ではないような、気分だけで言葉が並んでいるような句が、俳句総合誌などによく見られるが、俳句が、抽象芸術の精神を取り込んだ欧米の近代詩の一部の真似をして芸術性を高めようとするいわれはない。俳句は写生による明晰判明が第一である。

平成11年8月号

8　観念連合

　俳句は知識を頼りに作るものではなく、感覚に基づいて作るもの、とよくいわれる。知識とは、客観的な妥当性に裏づけられた体系的思考内容のことで、誰でもが得心する知見である。そこにはもはや芸術的な新鮮味を求めようもないので、詩的な感動をさそう俳句のよりどころにはならない。それに反し、五官の刺激を通して得られる心的現象の感覚はその都度新たな対象の在り方に接するので、感興の源泉になりうるのである。

　感覚と知識の違いは、哲学者ヒュームの言葉に倣って、印象と観念の差異と表現してもよい。ヒュームによれば、外界の知覚には、生気溢れる直接的な所与としての印象と、記憶や想像による間接的再現としての観念とがある。そして、観念は単に個々のばらばらなものであるにとどまらずに、記憶や想像の中で相互に組み合わされ、複合観念と呼ばれるさまざまな知識に編成される。その働きを、ヒュームは観念連合と呼ぶ。

観念連合とは、ある観念からの連想によって別の観念との結びつきが生じ、新たにまとまった知識内容が形成されることで、ヒュームはニュートンの万有引力に倣って、この観念連合の働きをすべての観念間に働く引力であるという。そして、この連合は、観念相互の「類似」「時空的近接」「因果関係」の三つの仕方で生じると説いた。人間は、似たものを連想したり、近いものを連想したり、原因や結果を連想したりしがちなのである。

俳句も、例えば席題詠など、記憶や想像の中で作句せざるを得ないことがあり、その場合にはつい観念連合に頼った句を作りがちになる。季題との類似や隣接や因果の中で作るのであれば、それは文字通り観念句であり、いわゆる即き過ぎの句になる。写生句は、観念ではなく印象に頼るもの、知識ではなく感覚に基づくものである。たとえ題詠でも、観念連合にならぬよう、記憶の中で印象や感覚に立ち戻るよう努めなければならない。

平成21年12月号

9　象徴性

『俳壇』（本阿弥書店）の八月号に「私の好む俳句の素材」という特集があり、百人の俳人の好みの句材が紹介されている。これを見ると、山、川、海などは何人もの俳人が挙げており、父、母、家族なども重複して挙げられている。中に、人間臭とか一途とか平凡な暮しといった抽象的観念的な素材もあって、具象性や即物性に欠けるかと憂えたが、その人たちの例句を見ると、さすがに即物的な具象句で心配は無用であった。

また、好きな素材は人生観であるという抽象性観念性の最たるものがあったが、これを挙げた大橋敦子の例句は〈天仰ぎつづけて雛流れゆく〉というもので、上を向いて流れてゆく流し雛を写実的に詠んだ限りで、やはり即物具象の句にほかならないといえる。ただしその短い自註を見ると、病禍を背負いながらも前向きに生きていこうとする人生観を象徴的に語った句と解することができ、物に托して心を述べた句なのである。

つまり、素材に具体的なものを書いた人たちは、句材そのものを挙げたのであり、素材として抽象的な概念を書いた人たちは、句材に象徴させる背後のものを挙げていたわけである。全体としては具象性のある句がほとんどで、十分に得心した。

そして一つ気のついたことは、俳句は、例えば一途とか平凡とかいったその人の人生観や世界観としての内面の思いを、具体的な感動の対象を介して表現するものだ、という点である。十九世紀末の文学芸術の運動に象徴主義というものがあったが、述べることを極度に禁欲する俳句は、象徴主義に通うものを持つ。自然の事物や日常の光景に宇宙の神秘や人生の深淵の象徴を求める象徴主義の手法は、乾坤の変に造化の業を窺う芭蕉の態度に通じるし、俳句はまさに日常の俗を詠んでこれに超俗の人生論を象徴させることではないか。短い詩型の俳句は、一面で多かれ少なかれ象徴詩という性格を持つと言えよう。

平成15年9月号

10　豊かな連想

私が俳句を作り始めたのが昭和二十五年六月からで、その後しばらくして買い求めた俳句書に、島田青峰『俳句の作り方』（大泉書店）がある。青峰は「ホトトギス」に入会し編集にも携わったが、新興俳句運動が起きるとこれに参加、弾圧により検挙され、寒中の留置が因で死去した。右の書を著した頃は生活俳句に傾き無季や自由律の句も容認していたので、その面の記述も若干見られるが、基本的にはしっかりした入門書である。

その中に「俳句は象徴を重んずる詩である」という項があり、例えば〈秋深き隣りは何をする人ぞ　芭蕉〉の句は、隣人も同じように生死を抱えた人生を送る人であることを思えば、この句には生死や人生が象徴されていると感じられる、という。〈五月雨を集めて早し最上川　芭蕉〉なら、雨中の川の力強い奔流に、巨大な意志を持つかのような自然が象徴されている、という。短詩の俳句は象徴を武器にした芸術だというのである。

その上で青峰は、象徴を暗示や連想だと言い換える。暗示とは、或る物を示してそれとは別の物や事をそれとなく感じさせることである。連想も、或る物の観念につられてそれと関連する他の物を心に描くことである。この暗示や連想を豊かに促す作品、自然や人生の断面を見事に象徴する作品が、芸術性の高いすぐれた俳句だというのである。

暗示といえば、蓮が仏を暗示したり、筆が文を暗示したりというような、比較的類型化された象徴を意味するが、連想となると逆に個人ごとにまちまちになったり、特定の人達だけにしか連想できなかったりということになりかねない。そこで「どういう連想が最も日常的であるか、或は範囲が広く豊富であるか、或は誰にもよくわかる普遍的なものであるか」が問われてくる、と青峰もいう。日常的でありながら連想の範囲が自由に広がり、人間の感情に親しい連想を誘う普遍性をもった句材が求められる、ということである。

平成26年2月号

11　没小主観

俳句の基本について述べた折の没小主観という言葉が分かりにくいと指摘を受けた。小さな主観を没却すること、の意で用いた私の造語であるが、改めて説明する。

小主観という語は沢木欣一の俳論によく登場するので、これを借りた。例えば沢木欣一『俳句の基本』（東京新聞出版局）には、「俳句は最も短い詩型であるので油断すると小主観に閉じこもり、独断的な独りよがりに陥りやすい。」「即物具象を重んじるのは要するに自己の小主観を離れて客観性を獲得するためである。」「小主観を脱するために私は…写生に徹することを強調し続けている。」などの表現があるように、欣一は俳句の基本は脱小主観（没小主観）にあり、そのために即物的な写生が欠かせない、という。

その上で小主観を「芭蕉のいう私意」と説明してもいるので、欣一は芭蕉の俳諧精神を説く『三冊子』の「松の事は松に習へ、竹の事は竹に習へ、と師の詞のありしも、私意をはなれよ、といふ事也」の言葉に基づいて、小主観を離れよ、と説くのである。『三冊子』のこの箇所は、風雅の誠、物我一如、高悟帰俗などが説かれ、芭蕉の俳諧観が凝縮されている部分で、よく引用される。俳諧に誠を尽くすのなら、「言葉を工(たく)む（表現に小細工をする）」のは止め、「私意をはなれ（己れを空しくし）」、「物に入(いり)てその微の顕れて情感(かんず)るや、句と成る（対象の内に自己が入って一体となり、物の密かな核心が顕在化して感動が生じ、一句ができる）」ような仕方で作品に取り組むことを勧める。そして「俳諧は三尺の童にさせよ」の芭蕉の発言を引用して、「能(よ)き句せんと私意をたて、分別門に口を閉て案じ草臥る」のは止めよう、というのである。

　さかしらな私意を表に出すことなく、子供のような柔軟な無垢の心で対象を受け入れること、これが小主観を没滅し、ひとりよがりに陥るのを脱する道なのである。

平成21年9月号

12　一句の容量

子供の頃に親から買い与えられた本など、とうに失せたものと思っていたところ、その一冊が書架の隅にあった。水原秋櫻子『やさしい俳句』（昭和十八年、三版、甲鳥書林）である。私が国民学校（小学校）の二年か三年の頃に買ってもらったものと思われる。表紙はとれかけ、紙は赤茶けているが、捨てきれずに残していたのは、私が中学三年の時に俳句を始めたそのゆえであろう。もっとも、捨てずにいても、精読した覚えはない。

「この本は、國民學校の四、五年位から、中學の三、四年位までの方々に讀んでいたゞきたいと思つて書きました」と序にあるように、俳句について分かり易く丁寧に書かれている。ひと通り俳句の詠み方を述べたあと、その第七課が「注意六つ」と題されて、実作に際して留意すべき六つのことが揚げられている。①本当に美しいと思ったものを詠むこと、

②景色だけを詠んで心持を説明しないこと、③季語の重複を避けること、④言葉を倹約して使うこと、⑤意味をはっきりさせること、⑥一句に詠み得る分量を弁えること、の六つである。当然ながら、今のわれわれにも参考になることばかりである。

自分の感動を大切にし、感動の対象のみを即物的に扱い、季重なりを排し、省略に徹して、句意明瞭な具象表現を用いる、ということは、作句に際して心掛ける基本である。殊に、意味不透明な句の横行する昨今、⑤の注意は声高に主張する必要がある。

それにしても、最後の⑥の注意は、われわれもよく心に刻んでおかなければならない。秋櫻子によれば、俳句は、大景を詠むと余裕がなくなって雑になるが、小景を取りあげれば細部まで描くことができる、という。大景小景というだけでなく、俳句は一般に感動の対象へと集中することが大切である。あれもこれもと欲張ると、句が散漫になる。十七音に相応しい情報の容量がどの程度のものかを、体で覚えるよう努めることが肝要である。

平成14年9月号

13　偶然の必然化

句を作っていると、中七座五はできたが上五に何か季語を入れたいとか、上五中七ができているので座五に季語が欲しいということがよくある。あるいは、とりあえず句は完成したが中の季語がしっくりしないので他のものに変えたい、という場合もある。このようにできるだけ相応しい季語を配置して句を仕上げることを、季語の斡旋という。

その際に、鬼面人を驚かすような取合せをもくろんで歳時記の中からわざと不自然な季語を探し出してくるなどというのは論外であるにしても、季語の生命を生かすという趣旨から幾つか季語を変えてみて最もよいものを探し出す努力をするのは、俳人として心掛ける当然のことであろう。ただし、その場合に大切なのは、あくまでも写生句としての価値を高めようとすることである。作意を弄して写生からかけ離れたところに面白味を求めるのではなく、より写生的であるための季語を斡旋するよう努めることである。

それに当たっては、偶然的必然、あるいは偶然の必然とでもいうことを、心にとめておくとよい。写生とは差し当りは偶然の配在の作品化である。たまたまそこにある眼前のものをよく見て、偶然そこにあるものに心動かされて、写生の作品が結実する。そして、その偶然の配在がぴたりとはまって必然の相を示すときに、写生の佳句となる。写生句には、事物存在の偶然の要素と俳句的な詩想の必然の要求と、双方の面が求められる。

したがって、たまたまその場で見付けた季語だからといって何でも句に取り込んでよいということにはならない。偶然出会った季語の中でもその句にとって一番動かないと思われる必然度の高いものを選ぶよう努めるべきであるし、辺りに適当な季語が求められなければ、その場に十分可能なものである限りで、歳時記の中に必然の材を探すこともありうる。要は、写生的であることが最大限際立つように、偶然を必然化することである。

平成18年8月号

14　釣りと俳句

釣りをした経験が余りないので、こんなことをいってよいものか、いささかはばかられるが、俳句の創作活動は釣りに似ているのではないかと、つねひごろ思っている。

釣りにも上手下手があるように、俳句でも旨い人となかなか上達しない人とがいる。しかし、だからといって上手な人の句がいつでも良いと限ったわけではなく、吟行に出かけた折に、その日はとうとう満足な獲物がないままに終わった、というようなことは、いくらでもある。佳句が得られるかどうかは、釣りと同様、練達した力量によることに間違いはないのだが、それだけではなく、同時にその日その時の運も働いて、魚との出会いや食い付きのよしあしにも大いに依存しているのではないだろうか。

つまり、俳句の創作は、わずか十七音の短いものであるだけに、こちらが一方的に作り出すだけの活動であるのではなく、むしろ向こうから与えられるという側面があり、釣り糸を垂れて待つように、写生の目をこらして句が与えられるのを待つ姿勢もまた大切なのではないか、ということである。こちらで十分に勉強をし、写生の技術を研き、良い句を得る工夫をすることは、俳句をする以上当然に求められるわけだが、それだけで次々と俳句をひねり出してしまうのであれば、それはちょうど人工の釣堀で釣りをするようなもので、大自然の中で釣りを楽しんでいることにはならない。釣りをする本当の楽しみは、十分に準備をした上で、自然の懐に入りこんで魚の当りを待つことにあるのだろう。

昔は、発句をひねる、というようなことをいった。写生を方法に、俳句が発句を脱却してからは、技巧的にひねる楽しみより、釣りに似た当りを待つ楽しみが大事になったように思われる。ところが、近ごろの俳句には与えられる楽しみを忘れたせっかちな技巧の句の氾濫が見られ、江戸時代の月並調に戻りかねない有様が気になっている。

平成7年9月号

15 比喩

かなり名の通った俳人の句集に「ごとし」句が頻出して、辟易したことがある。「ごとし」を使うのは、江戸時代の俳諧によく用いられた見立ての技法で、明治の俳句革新の折に、観念的な言葉の遊びに堕する恐れがあるため好ましくないものとされ、以後、「ごとし」俳句は写生を無視した古くさい安易な作り方とみなされ、敬遠されている。

「ごとし」のほかに「あたかも、たとえば、さながら、似たり、様なり…」などでも同じことだが、これらを用いた表現を、修辞学では直喩（シミリ）という。明らかに比喩であることが分かるので、明喩ともいう。比喩の技法に頼っていることを直（じか）に述べているのだから、句としては安直で底意の見えすける点が嫌われるのだろう。

同じ比喩でも、隠喩（メタファ）は「ごとし」に当たる語のないものである。「鉄のごとき腕」といわずに「鉄の腕」という場合である。これは上手に使わないと、人間の腕のことなのか、ロボットの腕なのか、あるいはクレーンのことかなど、誤解を招く可能性がある。しかし、直喩よりははるかにインパクトが強く、比喩を使う効果は大きい。

修辞学において文彩として挙げられる比喩には、ほかにも、換喩（メトミニー）、提喩（シネクドキ）、諷喩（アレゴリー）などがある。換喩は転喩ともいわれ、黒帯が柔道の有段者を表すように、関係の強いもので置き換える比喩である。提喩は、花が桜を表したり、パンが食物を表したりするような、全体と部分との関係で提示する比喩である。諷喩は、隠喩を連続して用いて譬え話で遠回しに語るものである。

俳句はもともと寄物陳思や取合せという修辞法に頼っている。物を心の比喩に用い、また二物の相関を心の比喩に利用する。したがって、俳句が比喩に頼ることを否定はできないのだが、それだけに比喩が表に出すぎてしまっては、凡庸に流れることになる。

平成16年3月号

九、評釈

1　評と鑑賞

きたごち集の末尾に「評と鑑賞」という欄を設けて、主宰者の眼で当月の句から抄出した佳句を解説していることは、月々ご覧の通りである。主宰者によるこのような選評欄は、どの俳誌にも一般に見られるもので、或る意味では、その俳誌の存立のかなめがそこにあるといっても過言ではない。主宰の選句こそが、当の俳誌の姿勢を端的に表明するものであり、その選の具体的な内実を語るものが選評に他ならないからである。

ところで、いろいろな俳誌の選後評を読んだり、また各種の大会の選者の選評を聞いたりしていると、この句は感覚的な把握に優れているから良い、とか、取合せに飛躍が認められて良い、とかいった、評価の言葉ばかりが語られていて、肝心の句の鑑賞がなされていない場合が多く目についてならない。「評」に傾くあまり、「鑑賞」がなおざりにされているのである。これは問題ではないかと思う。

或る大会で、選者が特選句について観念的抽象的な表現で長々と選評をしたあと、大会終了後の懇親会で選者と作者とが句の意味を語り合ったところ、まるで食い違っていたことがあった。もちろん、選者が作者の意図通りに句を解釈しなければならないということはないし、両者に食い違いの生じることはいくらでもあり得るのだが、誰がみても選者の鑑賞がおかしいとなれば、選評も見当外れということになるであろう。

俳句は省略の上に成り立つ極めて短い文芸であるから、批評をする際には、その句を自分はどのように鑑賞した上で評をしているのかを、はっきりと述べることが大切である。自分がこう読んだからといって、必ずしもそれが妥当な解釈とは限らないことがある。したがって、鑑賞を欠いた評は、無責任であり、場合によっては卑怯ですらある。

「評と鑑賞」では、なるべく鑑賞に力点を置きながら評をしているつもりである。

平成8年9月号

2　鑑賞力

『俳句はかく解しかく味う』という高浜虚子の書いたものが、岩波文庫の一冊に入っている。江戸初期以降の代表的な俳人四十数人の句を二百ほど採りあげ、それぞれの句に虚子なりの鑑賞と評言を付したものである。芭蕉、蕪村、一茶、子規の四人の句が目立って多いが、凡兆、太祇、几董の句も、それぞれ十句前後含まれており、江戸時代ばかりでなく、虚子の弟子の渡辺水巴をはじめ、近代の俳人の作品にも目配りがされている。

各句についての評釈は、二、三行の百字程度のものから、十ページ近くに及ぶ四千字を超える長いものまでさまざまだが、十行前後の四百字ほどのものが最も多い。

これを読みながら思ったことは、当然のことながら、俳句の鑑賞力の大切さについてである。芸術は、音楽でも絵画でも、一般に鑑賞力がなければ、良い作品も猫に小判で終わってしまう。単に素人受けするようなものではなく、きちんと評価をされ秀作と認められるためには、基本からしっかり積みあげられている作品でなければならない。俳句も同じことで、芭蕉以来の俳句の伝統の中で形成された俳句としての基本を踏まえ、その上で各自の独創性が発揮されていなければならない。虚子のこの本を読んでいると、俳句を鑑賞するには、子規が写生の一言に集約した俳句の基本に照らしての鑑賞でなければならないことが、よく分かる。一句の中にある写生の力を掘り起こすことが鑑賞なのである。

俳句は作るだけの芸術ではなく、俳人同士が俳句の分かる玄人として相互に評価し合う点に、大きな特徴がある。絵師（絵画）や楽師（音楽）や戯作者（小説）のように、一般人の楽しみのために技量を提供するのではなく、その道の人達の間で楽しむ俳諧や書こそが、真の芸術である、という人もいる。俳句に携わる者は、他人の句を鑑賞する力を持たねばならず、そのためにも右の虚子の書物は、大いに参考になる。

平成16年10月号

3　解釈技術

俳句が文芸の一つであるからには、それは創作活動であるのだから、どうしたら佳い句を作ることができるかという点に関心が向くことは当然である。芭蕉の俳論でも、対象の把握の仕方やその表現方法、また句の風調（さび、しをり、かるみ）など、実作に際しての技法の話が多いし、最近の商業俳句雑誌でも、どうしたら旨く作れるかといった類のいわゆるハウツウものを、特集に組む例が多く見られる。

しかし、俳句は創作に専念するだけでは済まない点に大きな特質がある。互選の句会で常に選句を強いられるように、そして選句に当たっては所属結社の俳句理念に従って良し悪しの価値判断をしなければならないように、俳句ではいつも他の人の句を鑑賞する技術が求められる。創作技術と同時に解釈技術を学び深めることが、俳句の作法なのである。

句会は選句を通して解釈鑑賞の技術を学ぶ場と心得るべきである。

　最近の哲学の世界では、解釈学と呼ばれる認識論が話題になっている。これは、自然科学をモデルにした旧来の認識論への批判から生じたもので、歴史的な文化の理解の方法を検討するものである。自然を「説明する」認識ではなく、文化を「理解する」認識を問うもので、ここでは、先入見（先行理解）が大事な役割を果たすこと、表面的な意味以上の内面的な意味を付与して解釈すること、解釈のたびに意味の深まりが進むことなど、先入見を排する従来の客観的認識に比べて、主体的動態的な価値判断の認識が要求される。

　俳句における解釈はまさにこれであって、鑑賞する側が俳句についての先行理解を十分に持ち、結社理念という先入見をしっかり持っていてこそ、表面的な字句の理解にとどまらない深い読みが可能となる。鑑賞はその人のこれまでの先行人生が問われてくる場なのである。乏しい解釈しかできないようでは、句会の選句で礼を失することになる。

平成9年7月号

4 評釈

このたび、星悠雲老師のご厚意により、大梅寺境内に眠雨第二句碑を建てさせていただくことができた。まことにありがたいことで、感謝のほかない。また、除幕式の日には、「きたごち」の連衆が各地からたくさん集まってくださったのも、嬉しかった。

碑に刻む句は、この寺を訪れて折々に作った句の中から、なるべく平明なものをと考えて、〈石鉢にうけてあふるる草清水〉の句を選んだ。碑の前に立たれる多くの方々に親しんでいただけるようにとの思いから、分かりよいものにしたつもりである。幸いにも老師のご配慮で、句に詠んだ寺苑の清水の石鉢のすぐ脇に句碑を建てていただいたので、句意は更に誰の目にも明瞭となった。蕃山に登るハイカーがよくこの清水を掬んでいる。

ただし、俳句は一般に字づらの意味だけで終わるわけではない。そこから触発されて、何がしか心に感じるところがあってこそ、よしあしの評価が生まれるのであって、句を読む場合には大なり小なり評釈が加わらなければならない。右の句であれば、例えば中七の措辞から、天然や神仏に対して受身の姿勢をとることによってこそ人間は溢れるばかりの恵みをさずかることができる、といった感じが読み取れるであろうから、具体的には、蕃山のもたらす自然の恩愛や禅寺の教える仏恩の慈恵に触れてこの句を鑑賞することができる。人工の石鉢を人の手と考え、天然の草清水を造化の恵みと理解することもできる。

俳句の評釈は、作者がそれを作ったその時の状況や心理を再現するにとどまるものではない。ディルタイが、人間の精神の関与によって形成される文化を理解する際には「作者より以上のことを理解せよ」と言っているが、文学や芸術などの作品は、完成した時には作者の意図を離れて独立するのである。句の作者は眼前の景を写生しただけであり、初めから自然や仏道の恵みを意識して、それを狙って作っているわけではないのである。

平成7年10月号

十、表記

1　語の乱れ

近ごろの若者は日本語も満足に使えず、語の乱れがはなはだしい、という声をよく耳にする。しかし、そのことをいう前に、政府が国の権力をもって告示した「現代仮名遣い」や「新字体」に、語の乱れがないと誰がいえるだろうか。

昭和六十一年七月の内閣告示によれば、鼻血は「はなぢ」であるのに布地は「ぬのじ」と書けという。新妻は「にいづま」であるのに稲妻は「いなずま」だという。不合理ではないか。「ゆきづまる（行き詰まる）」と「さしずめ（差詰め）」、「こころづくし（心尽し）」と「うでずく（腕尽）」、「こづく（小突く）」と「でずっぱり（出突っ張り）」など、同じ漢字でも「づ」と「ず」とを書き分けよという。ひどいのは連中で、清音なら「れんちゅう」濁音では「れんじゅう」と書けと指示してある。

もっとも、丁寧に読めば、この告示にはそれなりの淡い理屈が通っていないわけではない。それに対して漢字の新字体のほうは全くの困りもので、文字の正確さが身上であるはずの現在市販のワープロでさえ、ひどく混乱している有様である。

例えば、榮は新字体で「栄」となった。これに合わせて螢は「蛍」となったが、「鶯」は元のままで鴬という字はない。ところがワープロの通常の漢字変換では、鴬という字が出てくるのである。このような混乱は、「絵」と「檜」（桧は嘘字）、「焼」と「撓」、「惨」と「鰺」、「禅」と「蟬」など、いくらでも見られる。單を単としたからには、單の入る字はすべて単にするのが道理と思うのだが、蟬は誤字になってしまう。しかも、ワープロの変換を叩くとこの合理的な嘘字が出てくるのである。シメスヘン、ショクヘン、シンニュウなどに、二通りの形があるのも、不都合な話である。

文化の基本たる言語のこの乱れを、いつまでも放置していてよいものであろうか。

平成6年9月号

2　去ぬ燕

歳時記に載っている季語の中で常々気になっているものに「去ぬ燕」がある。去ぬの連体形は去ぬるだから「去ぬる燕」とすべきものを、多くの（全てを調べたわけではないので多くのという）歳時記が、「燕帰る」の副題に「去ぬ燕」を挙げている。角川書店刊の『図説大歳時記』と『角川俳句大歳時記』では解説に「『ぬくめ種』（嘉永二）に〔いぬる燕〕として掲出」と書いていながら、傍題には「去ぬ燕」を掲げている。「燕去ぬ」と掲げれば誰でも「去ぬる燕」と用いるだろうに、なぜ誤用の「去ぬ燕」を強要するのだろうか。雁や年に付ける時には「去ぬる雁」「去ぬる年」と書かれているのである。

燕が出たついでに言えば、「燕来る」もおかしい。季題として歳時記に載せる際には、用言なら終止形で記載するのが一般だと思うので、「燕来（く）」とすべきである。来るは連体形なのである。この類の季語に「小鳥来る」「やんしゅ来る」「五月来る」などがあり、同じくしばしば連体形で記されるものに、「年暮るる」「暮かぬる」「末枯るる」（講談社『日本大歳時記』、雄山閣『新版俳句歳時記』の例）などがある。『角川俳句大歳時記』のように「年暮る」「末枯る」とすべきだが、「暮かぬる」は角川版でも「暮かぬ」とはなっていない。「星流る」「地虫出づ」のように終止形で記載すべきであろう。

また、角川版、講談社版、雄山閣版のいずれもが「寒明ける」「籾つける」を挙げているが、連体形なら「寒明くる」「籾つくる」であり、正しくは終止形で「寒明く」「籾つく」とすべきである。三歳時記とも一方で「年明く」の題を採用していながら、寒になると「寒明ける」になってしまうのは、統一を欠くというほかない。

ここでは主に三つの歳時記を例にしたが、私が最も重宝して座右に置いているのがこの三書だからであり、推奨するならこの三つと思うからで、他意はない。

平成22年6月号

3　よこたふ

荒海や佐渡によこたふ天河　　芭蕉

高校の国語の時間に『おくのほそ道』を習った折、先生が、この句の「よこたふ」（他動詞下二段終止形）は芭蕉の誤りで、本来は「よこたはる」（自動詞四段連体形）が正しい、或いはせいぜい「よこたふる」（他動詞下二段連体形）でなければならない、と教えてくれた。「よこたはる」なら「横たわっている天の川」の意になるし、「よこたふる」なら「自らの身を横たえている天の川」になる。後者の再帰動詞風の他動詞の用法は「寄する波」のように古来から日本語にも存在していたという。

それ以来、本当に芭蕉の間違いなのだろうかと、折々にこの句が気になっていた。辞書を引いてもみたが、例えば『広辞苑』には、「よこたふ」の語が「よこたはる」と同じ意の自動詞四段にもなると説明されていて、その例証に芭蕉のこの句が引用されている。しかし、これでは、芭蕉が使っているのだから自動詞四段連体形になるのだといっているだけのことで、芭蕉の誤用でないことを論証したことにはならない。

ところが最近になってこれ以外の読み方があることを知った。一つは、自然ないし神が天の川を横たえると解釈する他動詞説であり、もう一つは、作者の芭蕉が天の川を横たえると受け取る他動詞説である。どちらの理解も、「天河」を他動詞「よこたふ」の目的語と考え、目的語と他動詞終止形とが倒置されているとみなすことによって、芭蕉の用法が正しいことになる点がみそである。

だが、この提案は、意味の不自然さもさることながら、倒置法によって三段切れになってしまうことが致命的な欠点である。やはり昔の国語の先生の指摘は正しかったのかと、いまだに「よこたふ」で迷っている。

平成5年7月号

4　夕焼く？

毎月の「きたごち」の巻末に受贈書を掲載しており、先月の当該欄に、戸恒東人『間違いやすい俳句表現』（本阿弥書店）が載った。著者から頂戴したもので、俳句作りの実際に大いに役立つと思われる労作である。既成の大家の作品の間違いを指摘したり、新たな提言を試みたりして、大いに啓発される好著である。賛成しかねるところもないわけではないが、種々の問題提起には好感がもてる。改めて一読を勧めたい。

この書の語る一例に「夕焼け」の動詞化の問題がある。日頃から私も問題と感じていたので紹介する。「夕焼く」という自動詞下二段活用動詞が可能かということである。

引用されている例句は、〈夕焼けて西の十万億土透く〉山口誓子、〈熱沙帯かなしきまでに夕焼けぬ〉加藤楸邨、〈父子手をつなげば天地夕焼くる〉豊田都峰などである。動詞の連用形の名詞化は一般的であり、「焼く」の連用形「焼け」を名詞に用い、「焼け跡」「日焼け」「潮焼け」「生焼け」などの語が作られるが、それをまた動詞に戻して、「日焼く」「潮焼く」「生焼く」とは言わない。「夕焼け」も同じで、先の例句の用いている「夕焼く」という動詞は日本語として違和感がある、というのである。

名詞の動詞化は「勉強」を「勉強す」とするように末尾にサ行変格活用動詞の「す」を付ける。従って「夕焼けす」とすれば無理のないところで、誓子の句は「夕焼けして…」となるし、楸邨と都峰の句なら「…夕焼けす」とすれば通る。

また右の書では「夕暮れ」についても「夕暮れて…」の作例を誤用と指摘しているが、このたぐいは折々見かけるので注意したい。例えば「ささ濁り」を「ささ濁る」と動詞化するのは不可。「ささ」は名詞に付く接頭語で動詞には付かない。「黒光り」の語を「黒光る」としたり、「鈴生り」から「鈴生る」の動詞を作るのも同様に困りものである。

平成24年10月号

5　ウ音便

ときどき同じ質問を受ける。「山の向かうに」とか「向かうの家の」という場合の「向かう」について、これは「向かふ」の間違いではないか、と指摘する質問である。

たしかに「鏡に向かふ」とか「山に真向かふ家」というような動詞の「向かふ」であれば、その終止形と連体形は「向かふ」であるわけだが、右の質問の生じる場合の「山の向かうに」や「向かうの家の」の「向かう」は、「あちら側」という意味の名詞であることにご注意いただきたい。もちろんこの名詞は「向かふ」という動詞から派生したものなのだが、動詞の「向かふ」から「向かひ」という名詞ができた上で、これが発音上の音便により「向かう」に変化したウ音便の現象と考えるのが適当と思われる。

動詞を名詞化する場合は、「帰る」を「帰り」に、「考ふ」を「考へ」に、つまり連用形にするのが一般であり、また、「思ひて」が「思うて」に、「戦ひて」が「戦うて」に変わるように、連用形の「ひ」が「う」になるウ音便の現象があるのだから、「向かふ」の名詞化の「向かひ」がウ音便で「向かう」となったものと考えるのが分かり易い。

ただし、これには異論があって、「山の向かふに」や「向かふの家の」でよいのだという説も、ないわけではない。動詞の終止形や連体形を名詞に転用する例がないとは言い切れず、これもその例だという人もいる。しかし、私はこれには賛成しかねるのであり、前述のようにウ音便と考えることにして、「きたごち」誌では、動詞の場合は「向かふ」、名詞の場合は「向かう」と書くことにしたい。

それにしても、しばしば大結社誌にして「思ふて」「戦ふて」「食ふて」のたぐいのウ音便の誤記が常態化しているのを見るが、これは異論なく間違いである。日本語で俳句を作るにしては何とも心もとない話で、主宰者の基本的な力量が疑われる。

平成8年10月号

6　仮名遣い

平成五年度の第十八回宮城県俳句賞は全部で百三篇の応募があり、年を追って応募作品が増え、まことに喜ばしい。だが、先日その選を終えて感じたことは、今回もまた仮名遣いの乱れが多く、漢字の誤字も目について、日本語をきちんと書くという最低限の基本が守られていないということであった。

仮名遣いに関していえば、まず、一人二十句の作品中に新仮名遣いと旧仮名遣いとの混じっているものが、百三篇中三十六篇にも及んでいたことが挙げられる。僅か二十句を並べてのことで、全体の三分の一を超える数がこの有様というのは、異常というか無神経というか、ついうっかり間違えたというような数ではない。俳句の仮名遣いは、口語俳句を志向するのでない限り、旧仮名遣いで書くべきものと思うが、少なくとも一人の者が新か旧かどちらかに統一して書くぐらいのことは最低の礼儀であろう。

次に、旧仮名遣いのつもりの誤記が目立った。最も多い間違いは「老ひ」「増へ」「絶へ」「冴へ」の類で、終止形が「ゆ」で終わる動詞の変化形の誤記である。右は正しくはそれぞれ「老い」「増え」「絶え」「冴え」としなければいけない。同じく旧仮名遣いのつもりの間違いで多かったのが、「向かふ側」「想ふて」「合ふて」など、音便の誤りである。「向かひ側」や「向ひに」のウ音便で「ムコウ」という発音になる場合には、「向かう側」「向うに」と書かねばならず、同じく「想ひて」「合ひて」の音便は「想うて」「合うて」でなければならない。

「衣ずれ」を「衣づれ」と書き「あぢさゐ」を「あじさゐ」と書くなどは論外だが、他の句を旧仮名遣いで書いていながら、「ぶだう」が「ぶどう」に、「くれなゐ」が「くれない」に、「あを」が「あお」になるなど、辞書を繰って欲しい誤りも多々見られた。

平成6年3月号

7 古典文法

俳句を作る上で古典文法が分からず困ることが多いので、文法の勉強をしたいのだが、という相談をよく受ける。文法の勉強に簡便な方法があるわけではないが、私が高校一年の時に教わった自習の仕方は今でも合理的だと思っているので、紹介しよう。

先ず本屋の大学受験参考書のコーナーで適当な文法の書物を求める。高校の文法の教科書があればなおよい。これを自分なりにノートに写し取るのだが、その順序を次のように行う。一、形容詞。二、形容動詞。三、動詞。四、助動詞。五、その他適当に。つまり、活用のある語を中心にして、分かり易いものから順に整理しつつ覚えていくのである。

一の形容詞は、ク活用とシク活用の二種のみであるから、活用表をノートに書いて、活用の何たるかをここで理解しつつ、用法の例としての、ズ、ム、バ、タリ、テ、ツ、キ、終止、コト、ベシ、ドモ、命令、を覚える。その際に形容詞の音便（ウ音便、イ音便、撥音便）についても、用例を書いて理解しておくと、動詞の音便の理解も早い。

二の形容動詞も、ナリ活用とタリ活用の二種のみであるから、活用表を写して何度か棒読みにしていれば覚えられる。音便（撥音便）についてもノートをしておく。

次の動詞は、最初に例外的なカ変、サ変、ナ変、ラ変の変格活用を一つずつ表にして、それぞれの活用をする語を覚える。カ変は来（く）、サ変はす、おはす、ナ変は死ぬ、往ぬ、ラ変はあり、居り、侍り、いまそかり、である。次いで、上一、下一、上二、下二、四段の順に活用表を作り、それぞれに該当する動詞を確認し、ヤ行上二の老ゆ、悔ゆ、報ゆ、ワ行下二の植う、飢う、据うなど、指摘されている注意事項を書き出して覚える。

あとは助動詞を一つずつ丁寧にこなすこと。できるだけ声を出して活用を覚えこむことである。これらの活用語をマスターすれば、文法の九割方を理解したことになる。

平成12年7月号

8　軍歌と聖書

子供の時代が戦争と重なっていた私は、幼時に童謡を歌う機会がほとんどなかった。ラジオから流れる歌は軍歌ばかりで、国民学校に入学して習った唱歌も、軍国調のものがほとんどであった。おまけに、父親がアメリカ帰りのクリスチャンであったので、戦時中のわが家は憲兵に見張られており、その筋から身を守るためにも、軍歌を大声で歌わされたもので、子供のころにこうして覚えた軍歌は、今なおいくらでも口をついて出てくる。

また、クリスチャンの父親から、聖書をよく読まされた。聖書といっても新約だけのものだが、毎日少しでも読むようにと、一冊を繰り返し読んだ。当時の聖書は口語訳ではなく、文語のものであった。「幸福(さいはひ)なるかな、心の貧(まづ)しき者、天国はその人のものなり」とか、「太初(はじめ)に言(ことば)あり、言は神と偕(とも)にあり、言は神なりき」といった聖句が、今も口をついて出てくる。聖書は口語では余りありがた味がないように思われるほどである。ところで、軍歌も当然ながら文語調であった。「敵は幾万ありとても、全て烏合の勢なるぞ」「徐州徐州と人馬は進む。徐州居よいか、住みよいか」「藍より青き大空に、大空に」等々。つまり、聖書も軍歌も、明治以降に文語で書かれたものであり、江戸期以前のものを模した一種の擬古文なのである。私は幼時にこれを頭に叩き込んだ。文語の文法は後になって勉強したのだが、文法以前に文語の語調が私には染みついていたのである。

これは今にして仕合せに思う。しかも、軍歌はそのほとんどが七と五のフレーズで出来ている。七五調の文語が身についていたのである。俳句を作る上で軍歌を大いに歌おう、などというつもりはないが、せめて古文に親しむことは大いに奨励したい。いきなり源氏物語や徒然草を読むのが大変であれば、近代になってからの平明な擬古文、例えば文語訳の聖書などを読んで、文語に親しんでみるのも、俳句作りに役立つのではないか。

平成15年6月号

十一、座の文芸

1　座の文学

近ごろしばしば俳句は座の文学ないし座の文芸だといわれる。尾形仂『座の文学』（昭和四十八年）が世に出てからのことである。尾形著の中では、芭蕉の創作活動に関し俳諧の特質を座の文学と呼んでいるのだが、それが俳諧の流れを受けた俳句の特性にまで一般化して語られるようになった。確かに俳句の本質を言い当てたよい呼称と思う。

座とは、同業組合や芸能集団を指す言葉であった。尾形はこれを「文芸的な精神連帯の場」の意に用いて、芭蕉の俳諧活動は天才の個人プレーというにとどまらず、むしろ蕉門の連衆の連帯の座を不可欠の媒体として形成されたもの、という。

そしてその座には、芭蕉を囲み今まさに歌仙を巻きつつあるグループの連繋という一次的な座と、江戸蕉門と美濃尾張連衆とが合わせて一つの共同体を成しているという二次的座とがある、という。この二つはいずれも共時的空間的な座であるが、さらにその上、芭蕉が西行や宗祇に呼応して文芸に携わっているという意味での、通時的歴史的な座が考えられる、という。芭蕉の俳諧はこうした多重の意味での座の文芸なのである。

このことは、今日いわれるように、俳句の世界にも当てはまる。俳句には句会がつきもので、句会の中で良し悪しが問われ、句会でもまれて作家が育つ。運座とも呼ばれる句会が、右の一次的座に当たる。また、本腰を入れて俳句をするには今日では必ず結社に帰属することになるが、主宰者の俳句観を共有する結社の連衆が、二次的座に対応する。特に俳句が、理念を同じくする者の共同体たる結社の形で行われ、結社誌に投句をし主宰の選を受ける形をとるそのことに、今日的な座の文学である意味が存するといえよう。

もう一つの通時的な意味での座の文芸としては、連歌史俳諧史の流れを考えることもできるが、今日では各結社の師系や主宰の引継ぎをそれと考えれば、分かりやすい。

平成27年5月号

2 菩薩の精神

最澄の開いた天台宗や日蓮の始めた法華宗では、経典の中で、特に『法華経』が重んじられてきた。道元も『正法眼蔵』の中にこの経をたくさん引用しているし、宮沢賢治が『法華経』に心酔した話も有名である。この『法華経』の強調するのが菩薩（ぼさつ）の精神である。

『法華経』はもともと『般若経』『維摩経』『華厳経』と並ぶ大乗経典の一つで、形骸化した部派仏教を小乗仏教と批判する大乗仏教の成立とともに作られた。従来の仏教が声聞（しょうもん）や縁覚（えんがく）と呼ばれる出家中心の自己の悟りのみを求める人々の宗教になっていたのに対して、一般の俗人凡夫の救済にも心を向ける必要を説いたのが、大乗仏教の運動であった。仏教は自利のみを求める利己的人間の営みであってはならないとの立場から、自分の悟りを延期してでも衆生の悟りに努めるという菩薩のあり方が説かれたのである。『法華経』には殊に他の人々をも悟りの世界に誘い込むこの菩薩の精神が基調にある。

大乗仏教を受容し、菩薩の心を大事にしてきた日本の精神風土は、翻って、俳諧や俳句を育てた土壌につながるような気がしてならない。俳諧はそもそも一人では成り立たない文芸であるし、結社制度を基盤とする俳句も連帯の文芸である。このような座の文芸を支えている根底には、恐らく、自らの楽しみを他人にも分かちたいという心情があるように思われる。自利にとどまらない利他の心が、座の共同体を担っているのである。

したがって、俳句をたしなむ者は、例えば詩人のように、自分だけが勝れた作品を生むことを目指せばよい、というわけにはいかない。俳句は自分が巧くなればよいという利己主義ですむものではない。たくさんの他人をこの楽しみに誘い入れるよう努めながら、結社を強力な組織に作りあげることを通して、自分も力をつけていくのが、俳句に携わる者の取る姿勢であろう。すなわち、これ菩薩の精神なのである。

平成17年2月号

3　連衆の意識

「風」東北俳句大会を無事終えることができた。われわれはまだこの種の大会を開くに力不足ではないか、との声もあったが、大会を終えたいま、一人ひとり力を出し合った充実感がそれぞれの心に残って、得がたい貴重な体験となったことを嬉しく思う。

参加された各地の方々から、たくさんのお礼の手紙をいただいている。その中で殊に強い印象を受けたと書き添えておられるのは、風宮城支部の緑の小旗を持った人達の親切についてである。松島海岸の駅をおりた時に、あるいは海松島の桟橋に着いた時に、「風」の緑の旗がどれほど心強かったか、そして松島の町のあちこちで旗を持った人に出会い、「風」の連衆ゆえの心かよう親切を受けたことは、忘れ難い思い出になった、という。

俳句は「座の文芸」だといわれる。ただに一人ひとりが作品づくりにいそしんでいるだけでなく、その営みが実は共同体のつながりの中で行われているのだと知らなければならない。句会に出席し、また結社に所属して、その集団を統率する理念を学びながら自らの句をみがきあげ、同時に自分の句が集団の理念を形成していくことに与るのである。

その際に大切なことは、一つの俳句理念を共有し合っているという連衆の意識である。あるいは、自分の句は自分だけで作ったわけではなく、あくまでもこの共同体の中にして生まれたのだ、という意識である。確かに句にはその人なりの個性が出るし、また上手や下手も分かれてくる。だが、そうした差異とて、一つの理念に照らしてこそ、そのよしあしが問われうるのであり、その同一の事態へと顔を向けておればこそ、差異に意味が生じてもくるのである。

松島での大会は、われわれに多くの思いを残したが、わけても一つの力で結び合わされているという心かよった連衆意識を実感できたことが、最も大きな体験であった。

平成元年7月号

4 結社の時代

結社の時代という言葉を近ごろよく耳にする。誰がどのような文脈で言い出したのか詳らかではないが、思うに、俳句の世界が個人プレーの時代から結社単位の時代へと移りつつある、との意であろう。このことは或る意味で当然の成り行きであり、近代俳句が百年にしてようやく俳句らしさを実らせつつある証左と考えられる。

明治になって子規による俳句革新が行われたが、そのこと自体は俳句にとって計り知れない大きな意義を有した。しかし、時代がちょうど西洋文明をとりいれるに急で、俳句も小説や詩と並ぶ文学の一つのように扱われ、芸術家個人の才能の生み出す作品とみなされる面が強かった。半世紀近くにもなる昔のことだが、俳句第二芸術論などという見当はずれの議論が生じたことがあるのも、実はそのためであった。

しかし、わずか一呼吸で作ったり読んだりすることのできる十七音の俳句は、その一作だけで俳人としての力量を評価できるようなものではない。もともと俳諧連歌の発句は、座の仲間を意識して提出されるものであり、共同作品としての完結した全体の中に位置をもつものであった。そうした連衆意識を基盤にして楽しむ文芸に発した俳句であるから、その創作活動は本質的に共同体としての結社を要求することになる。俳句は文学なりと意識的に主張していた子規や秋櫻子にしても、実際には結社の指導者であることを止めたわけではなかった。ただ虚子とか波郷とかいう個人名が表に出すぎてきたのである。

俳句は、或る主宰者のもとに作句理念を共にする者が集まって、主宰選や互選を通して作品を磨き合うものである。もちろん個性が句に出るのは当然だが、それ以上にその句は結社の句なのである。ここに他の文芸に見られない俳句の特性がある。俳句は、誰それの句であるに先立って、「きたごち」の句でなければならない。

平成5年9月号

5　愛語

道元が全百巻の撰述を目論んでいたという『正法眼蔵』は、道元の没後折々に試みられた編集により、現在では九十五巻が残されている。その中に、永平寺二代目を継いだ懐奘の所持写本を含めて六十巻本を編纂し直した際に加えられた「菩提薩埵四摂法」の巻がある。菩提薩埵は一般に菩薩と略称され、利他をも念頭に置いて仏道に志す修行者のこと、四摂法とは他人を教化するための四つの心得の意である。

その四つとは「一者、布施。二者、愛語。三者、利行。四者、同事」とある。布施とは貪欲にむさぼらないこと、愛語とは思いやりの言葉を使うこと、利行は皆の利益を考えること、同事は他人を自分と同じように扱うことである。

これは、座の文芸と呼ばれる俳句の道につながることではないか。俳句も、自らの悟りを求める仏道のように、佳句を得る修練に努める。そして、そのことが、同時に他人をこの道に招き入れ、ともに俳句の恩徳にあずかろうとすることにつながるのでなければならない。自分の貪欲を満たすのではなく、皆のことを配慮し、自他を等しく扱うこと、これが結社の力を高めて、共同体（座）の文芸たる俳句を楽しむことにつながる。

そして俳句は言葉の芸術であるから、とりわけ愛語に思いを致す必要がある。結社によっては、句会で烈しくなじり合ったり、激論の末につかみ合いの喧嘩になることを、誇らし気に吹聴するところがあるが、それは言葉に未熟な人の集りだからである。言葉に成熟するならば「暴悪の言語」を排し「顧愛の言語」で人に接することができる。

道元は顧愛の語の例に「お元気ですか」「どうぞお大事に」などの安否を問い健康を気遣う挨拶を挙げている。俳句も、季語への挨拶、土地への挨拶であるとともに、自然と人事への挨拶である。愛語の心で、ねんごろな挨拶の精神を養いたいものである。

平成19年6月号

6　他誌を読む

今号より「きたごち」に同人欄を設けて多少とも模様替えをするに当たり、「他誌を読む」のページを作って同人に執筆をお願いすることになった。俳句にたずさわる者として、結社内にだけ閉じこもることなく、広い視野を持ちたいと思うからである。

俳句が連句の連衆組織の伝統を継いで、現在でも結社単位に活動する形をとっていることは、大いに意味のあることである。一つの俳句理念を立て、それに基づく価値基準を設けてこそ、向上の方向が定まるのであり、そのために主宰者の指導理念に賛同する者が集まって結社を作ることは、次々と短い作品を創り続けていく俳句の性格に適ったことであるといえよう。指導方針のないままに、いろいろな句風の人が漫然と集まっているような結社もあるが、それは決して座の文芸にふさわしい結社とは言いがたいのである。

しかし、一つの理念を共有している結社がおちいりやすい陥穽があることも、確かである。それは自己を絶対化して独善的になることである。客観的な視点を欠くままに、小主観に閉じこもってしまうことである。俳句の歴史的伝統や俳句界全体の動向などにお構いなしに、自分たちの理念だけを尖鋭化させて、自己満足に浸ってしまうなら、それは結社の自閉症ともいうべき落し穴にはまってしまったことになる。

会員が他の結社誌を読むことを嫌う主宰者がよくいるが、そのような狭い料簡では、その結社は伸びない。むしろ、自分たちの結社も多くの結社に並ぶ一つなのだという自己相対化をした上で、学ぶべきことがあれば他誌から学びつつ、自己向上をはかる努力を続けてこそ、その結社の未来は豊かなものだと言える。いつまでも大きな未来を持ち続けることが、結社を生き生きとしたものに保っていく道なのである。

そのためにも、「他誌を読む」のページが役に立つことを願ってやまない。

平成7年4月号

7　投句

座の文芸といわれる俳句では、毎月の結社誌に載る他の人の句を読むことも大切だが、実際に句会に出席し、連衆の句に接して選を行い、自らも連衆の選を受けることが、最大の勉強になる。しかし、勉強の仕上げは、何よりも、月毎に自分の一番よいと思う七句を選んで投句をし、結社の俳句理念に従って主宰の選を受けることにある。遠隔地に住んでいたり、外出のできない事情にあったりして、句会への参加が不可能である場合には、ことに毎月の投句が勉強のための最も大きな依り所になる。

従って、投句は漫然となされてはならない。少なくとも投句をする七句をノートにでも控えておくことは、最低のつとめである。雑誌が届いたなら、すぐに、どの句が採られどの句が捨てられたかを調べて、良し悪しを学ばなければいけない。もしその際に一字でも添削をされていれば、よい勉強になるはずで、添削をミスプリントだと言ってくる人はまだしも、添削にさえ気づかぬ人は、折角の勉強の機会を放棄したことになる。

仮名遣いや文字を正しておく場合も多いが、何度も同じ間違いをしてくる人は、控えとくらべてみることを怠っているのだろう。「きたごち」では、漢字は原則的に新字体を用い、仮名遣いは歴史的仮名遣いで表記することにしているので、仏、滝、灯、真などを、佛、瀧、燈、眞と書いたり、食ひ合はせ、植ゑてゐる、やうやく、あを、あぢさゐなどを新仮名遣いで書いたりしないよう、つとめて心がけていただきたい。

加えて言うと、促音と拗音は、行つて、ちやぐちやぐ馬つこ、りよかう（旅行）と表記しており、これを、行って、ちゃぐちゃぐ馬っこ、りょかうとは書かないで欲しい。ただし、片仮名は、キャベツ、フィギュアとする。なお、投句用紙に「楷書で」と注意書きがあるが、ほとんどの人が楷書とはとても言えない文字で書いてくるのも困っている。

平成9年10月号

8　読み返し

眼前のものがそのまま句になった時でも、また考えを巡らした末に句が出来上がった場合でも、いったん完成した句を改めて読み返してみることが、俳句作りでは大切である。客観写生というのは、主観的な表現を排除して写生句を仕立てるというだけでなく、作句の事情を離れて第三者的な客観の眼で読み直しても妥当であるということなのである。

季語が働いているか、定型の韻律に乗っているか、句末がしっかり切れているか、文法上の間違いはないか、助詞を省き過ぎていないか、季重なりではないか、三段切れになっていないか、誤字はないか、文語旧仮名になっているかなど、よく見直して欲しい。無理をして五七五に揃えたために日本語の語用を逸脱していないか、省みて欲しい。

その上で、更に大切なことは、句の中味が即物具象といえるかどうか、である。「きたごち」は、どんな句でも結構という結社とは違って、即物具象という明確な作句指針を掲げる結社である。作句に当たっては、観念的抽象的な句ではなく、即物的具象的な句を心掛けていただきたい。「思ふ」とか「悲し」といった主観的心情的な言葉が入るとどうしても想念の句に傾き易いし、過去の記憶に句材を求める際にはそれが眼前に生じている物として詠むよう努めるべきである。想い出を過去のままに詠みながら観念的でない句に仕立てるにはかなりの力量が要る。俳句は先ずは眼前直覚に徹するに限る。

「きたごち」も年を重ねてきたので、近ごろは他の結社で勉強されてきた方が増えた。また、投句を読んでいると、他の結社にも入っていることを窺わせる句がままある。「きたごち」に投句をされるからには、事前に必ず句稿を読み返して、客観写生、即物具象の句になっているか、具体的な物や景がきちんと詠まれているか、思いは物に託して間接化されているかを、いま一度見直してから投函していただきたい。

平成23年12月号

9　投句稿

きたごち集や風韻集の投句稿について、常々気になっていることがあるので、その幾つかを挙げておく。特別作品やきたごち賞作品の投句の場合でも同じことである。

その一つは、同じ季語の句が二句三句と並んで書かれている場合である。例えば同じ朧月の季題の句が三つ並んで書かれていると、選ぶ側の心理としては、この三句の中のどれが良いかと問われているように思われ、三句とも採れる句であっても、投句者の意に応えて二句は捨てることになる。七句なり十五句なりの投句の中に同一季語の句が幾つも並ぶと習作のように見える。しっかりと自選をしてから投句をしていただきたい。

それから、句を並べる順序であるが、季節の順のでたらめな人がいて気になる。春の句が並ぶあとに冬の句が出てきたり、彼岸の句より前に復活祭の句があったりするのは、季節の移ろいを大切にする俳人としていかがなものか。もちろん俳句は各句が独立した作品なのだから、並べる順などないのかもしれぬが、私は季節への配慮が欲しいと思う。

前書にも折々おかしなものが見られる。地名が句に含まれているのに、地名の前書をつけるのは愚である。前書を読まなければ句の意味が通じないものも困る。俳句は前書なしで鑑賞に堪えるものでなければならないが、更に理解を鮮明にするために前書をつけることは許されるだろう。だが、余りつけ過ぎにならぬよう、前書に慎重であって欲しい。

乱暴粗雑な文字も困りものである。日本人なら楷書と行書と草書の違いは弁えている筈だが、投句は楷書で、の注意が守られていない。書道をしている人でさえ楷書の分かっていない人がいる。真っすぐの線の書けない人は、定規を当てて縦や横の線を引くとよい。清書の投句稿は、印刷工の手間を考えてゆっくりと丁寧に書いて欲しい。何人かの人は、ワープロの文字を原稿枠に旨く入れて寄こすが、これだと紛れがなくて助かる。

平成23年2月号

十二、吟行と句会

1　足で作る句

「俳句は頭で作らずに足で作るもの」などと言われる。観念的技巧的な句を排して、実地に物と触れることを大切にしよう、ということであろう。そしてそのために俳人は吟行を心掛けてきた。昭和の初期に「ホトトギス」の人びとが虚子と連れ立って関東各地を作句して歩いた武蔵野探勝会によって吟行という手法が確立したと言われるが、すでに芭蕉も旅を作句の場にしているし、明治期の日本派の俳人達にも郊外へ出る風習があった。

吟行は日帰りでもよし泊り掛けでもよし、あるいはちょっとした散歩でもよい。日常の仕事や家事を離れて、作句に専念するための時間を、非日常の場に求めるということである。日常の生活の中で句を得ることも無論大切なことだが、脱日常の局面には日常を越えた新鮮さがあり、作句に新たな活力を得る良い機会となる。

吟行は季語の現場に立ち会うことであるから、日頃の歳時記の勉強の成果が直接問われてくる。季語の手持ちが十分でないと思うなら、歳時記を携行するがよい。机上で季語の勉強をするのとは違って、じかに季語と触れ合う生きた歳時記の勉強ができる。

また、何か特別な地域に出かけるのであれば、多少とも現地の事情を調べて行くのがよいだろうし、できればその土地の特徴や文化を知っておくほうがよい。俳句は地霊への挨拶とも言われる。地霊とは、その土地にはぐくまれた精神ということ、すなわちその土地の文化的背景のことである。前もって土地の文化を調べた上で、現地で改めて極力その背景を探る努力をするなら、地霊という土地の特質を句に摑み取ることができる。

独りで吟行するもよいが、多人数の吟行会に参加すると大いに勉強になる。同じ対象に接し時間と空間を共有し合った者が、その場で句会を開いて他人の作品に触れるなら、相互に得るものが大きい。吟行句会に参加して、足で句を作るすべを身につけたい。

平成18年2月号

2　吟行のすすめ

ふだんの第四木曜日はほかでの会議と重なることが多く、白石句会に出席がかなわなかったが、三月は幸い春休みに入っており、ちょうど時間もとれたので、初めて白石の句会に参加させていただくことができた。

ここは白石在住のご夫妻を中心にした家族的な雰囲気の句会で、午前中に白石市内のどこか一箇所へ吟行をしてから昼食をはさんで午後の句会を開くという、素晴しい習慣が続いている。これまでに、傑山寺、孝子堂、紙漉場、鷹の巣古墳群、延命寺などを訪ねたと聞く。三月のこの日の吟行地は、俗に蝦夷穴といわれてきた郡山横穴古墳群で、凝灰岩の山腹に沢山の穴が口をあけている様は、何とも奇異な景である。幹事さんの計らいで、白石市教育委員会の半田子之吉氏が、わざわざ案内と解説の労をとってくださった。

そして、この時にもつくづく実感したことなのだが、吟行は、俳句をたしなむ者にとって、そのつどの活力を得るために、大変重要な意味をもつものと考える。「俳句は旅行吟を以って第一とする」と言い切ったのは大須賀乙字であるが、大きな旅でなくとも、日常の生活から少し離れた場所に身を置いてみると、新鮮な感動を呼ぶものに出会う機会が多くなる。挨拶や存問という俳句の精神は、全くの馴れ合いから少しく距離をとった所で成り立つ。吟行は、そうした脱日常性を求めての小旅行なのである。

吟行は何人かで出かけて、白石句会のように、嘱目句の句会を開くことが望ましいが、一人で、いつもの道を外れて少し遠廻りをして帰る、というのも簡単な吟行である。日常の生活詠も無論尊いに違いないが、身辺にだけ素材を求めながら新発見につとめるには、よほどの力量が必要となる。手馴れた句を志すのではなく、まずモノをしっかり見る訓練を自らに課そうとするなら、新鮮な出会いの期待できる吟行をすすめたい。

平成元年5月号

3　現場主義

「きたごち」誌巻末の句会案内に、新年から三つの句会が加わることになり、これまでの六つに合わせて計九つの句会が開かれることになった。皆の熱意のたまものと、まことに頼もしくまた嬉しく思っている。

中の一つの「杜の会」は、従来の仲間内だけの会であったものを、一般にも開放してもらうもので、これまで通り吟行を中心とする句会である。また、新規に発足する「はなも句会」は、名取地区を中心に、これも専ら吟行による句会となる。したがって、これに宮城吟行句会と虹吟行句会を加えると、われわれは四つの吟行句会をもつことになり、吟行句会の多いことが、他の結社に余り見られない「きたごち」の特色となる。

吟行とは、いわばそのつど現場へ出向いて創作をすること、あるいは作者が作品内容の現場に居合わせていること、である。一言にすれば、現場主義の態度の実践である。この現場主義こそ、近代俳句の基本としての写生の精神の具現である。自分の感覚で実際のモノに触れて得た感動を大切にしながら、感興を呼んだその対象としてのモノを写生するのが俳句である。俳句の大事な要素である即興性とか、挨拶存問ということも、この現場主義に即応するものと言える。

現場主義というこの言葉をよく口にするのは、「風」主宰の沢木欣一である。「きたごち」が「風」の理念を実践しつつ写生派の本道を行こうとするからには、現場主義の看板は高く掲げ続けなければならない。そのためにも、たくさん用意された吟行句会を是非とも利用して、連衆と現場を共有し合う楽しみを大いに味合って欲しいと願う。「屋根」主宰の斎藤夏風さんから最近いただいた句集のあとがきにも、俳句における現場の大切さが説かれていたので、大いに共感したところである。

平成7年1月号

4　田毎の月

松本に行くには新宿から中央線で、長野に行くには上野から信越線で、とばかり考えていたので、これまではつい松本と長野の間の篠の井線に乗る機会を逸してきた。したがって、姨捨の田毎の月の名勝を訪れることのないままに過ごしてきた。一度だけ車で長野から松本へ抜けたことがあったが、所用で急いでいたので、姨捨には寄れなかった。

今回初めて姨捨の駅に降り、次の列車の来るまでの二時間ほどを使って、長楽寺と棚田を巡ったのだが、漠然と抱いていたイメージとの落差に、我ながら驚いた。一般の観光地であれば、ガイドブックやパンフレットを読み、地図で調べ、写真を見て、大方のことを知った上で出かけるので、現地での様子が頭の中の観念とさほど食い違うことはないのだが、今回は資料も余りないまま、つい長い間に作り上げていた自分だけの思惑にたよって出かけたものだから、予想が大きくはずれる結果になってしまった。

　寺や棚田は、駅より高いところにあるものとばかり思っていたし、周囲は山また山の山間部を想像していた。すぐ下を千曲川が流れ、戸倉や更埴の市街が指呼に望めるとは、考えてもいなかった。今回ばかりは、現地を踏むことによる実感がどれだけ重いものかを、つくづくと思い知らされた。俳句作りには、現場の実感が大切なのである。

　その後、東京の虹句会に姨捨で得た句を出したところ、話題が田毎の月に及んだ。たまたま、当地の出身者が句会に出席していて、中秋名月のころは稲の実りの時期に当たり、田に水などないので、田毎の月が見られるわけではない、との指摘があった。いわれてみればその通りで、田毎の月の言葉から、つい田毎に映る名月を思い描いていたが、たとえ文芸上の想念とはいえ、観念にのみ頼ることの非現実的ないかがわしさを、ここでも思い知らされた。写生を基本と考える俳句は、あくまでも現場主義でなければならない。

平成13年8月号

5　句会

連句の発句が独立したという歴史をもつ俳句は、他の文芸と違って、連衆の集まって行う句会を重視する。この点に共同体の文芸と言われる俳句の特徴がある。

この句会は、次のような手順で行われるのが一般である。

先ず各自が短冊（小短（こたん）、投句用紙）に自分の句を一枚一句ずつ書いて、名を書かずに提出する（投句）。それをばらばらにした上で、手分けして句稿（清記用紙）に何句かずつを書き写す（清記）。この句稿に番号を付して回覧し、各自がよいと思う作品を句稿の番号と共に雑記稿（予選用紙）に幾分多めに書き取っていく（予選）。全句を見終わったなら、予選句の中から決められた選句数の句を選び、選句稿（選句用紙）に句稿番号を入れて書き写し、選句者の姓号を書き添えて提出する（選句）。次いで披講者が選句を逐次読み上げ、読み上げられた句の作者がそのつど名乗りをあげる（披講と名乗り）。その際に句稿に入選の点の数を記入していく（点盛り）。最後に、高点句を紹介し、指導者なり、あるいは全員なりで、批評を行う（選評）。

このような句会を充実したものにするのは、たくさんの佳い句が提出され、その中でも佳い句が選ばれて高点になることであるのは言うまでもないが、同時に句会の進行に皆が一致して協力し合うことも大切である。先ずは絶対に遅刻をしないこと、そして投句や清記の字を丁寧に書くこと、他の人の調子に合わせてすみやかに回覧することなど。

そして、殊に句会が引き緊まるかだらしなくなるかを決めるのは、披講と名乗りのタイミングである。披講者は一句を一回でしっかり読み切ること、それに呼吸を合わせて各自が大声で名乗りをあげること、披講者は次の句へ移る間を上手にとること。披講と名乗りと点盛りとは一種の真剣勝負と心得て、心を合わせて句会を盛り上げて欲しい。

平成6年8月号

6　句会の効用

「きたごち」では毎月二十を越える句会を開いている。曜日や会場が異なるので、自分の都合に合わせて句会を選んでこれに参加していただきたい。俳句は座の文芸と言われるように、独りでこつこつ勉強しながら作句をするのではなく、集団の中で相互に刺激し合いつつ研鑽を積むべきものである。そして、そのための場が句会（運座）なのである。

句会の効用には、大別して二つが考えられる。一つは、自分の句の良し悪しを他人の判別の目に曝すことであり、もう一つは、他人の句の良し悪しを判別する自分の目を養うことである。句会は、この二つが同時にできるまことに良い機会である。

句会に句を出すと、自信作が評価されなかったり、自分の意図とは違った解釈をされたりして、自作を客観化する視座を教えられることが多い。雑誌に投句をして選を受けるだけでは、なぜ外されたり添削されたりするのか分からないことがあるが、句会では、季重なりであるとか、三段切れであるとか、付句体の連用切れであるとか、連体形の誤用であるとか、あるいは、具象性に欠ける、季語が働かない、因果の理屈句である等々、具体的な指摘を受けて得心することが多い。句会は自句の独善を正す好機なのである。

また、句会に出席することで、他人の良い句に感心し、それを自分の励みにすることができる。ただし、その際に、本当に感心すべき句に感心しなければいけないのであって、観賞眼がしっかりしていないと、つまらぬ句に感心することになる。従って、句会では、他の人の選に注視しながら、結社の理念に照らしてどの句が佳句なのかを見分ける努力をしなければならない。良い句が高点になるような句会であれば、出席のしがいもあるのだから、句会に出て選句眼を培うことが、結社に加わっている責任と心得て欲しい。

良い句を出し、良い句を選ぶ、この心掛けで、句会に参加していただきたい。

平成22年2月号

7　選句

句会で大切なことは、各自の選句である。句会を良くするも悪くするも、各人の選句の力によるものと心得て欲しい。句会に出席するのは、ただ自分の句を提出して皆の反応をみるというだけでなく、同時に他人の句を判別する選句眼が問われる。良い句が選ばれるような句会であってこそ、そこへ投句をする意味も生じてくる。つまり、各自が責任のとれる選句力を養うことが、句座に列するための必要条件なのである。

句会では、短時間に良い句を選ばねばならない。そこでは、いわば俳句に対する各人の態度や心構えが問われてくることになる。差し当たっては、次々と回ってくる句稿を読んで、中でも特に感心した句を選べばよいのだが、その際につまらぬことに感心したのではだめなのであって、先ずは「俳句らしさ」を目安に感心する訓練をして欲しい。

俳句らしさに欠けたつまらぬ句とは、よく言われる月並句であり、主観や情緒に頼り過ぎているもの、言葉の面白さやこけおどしの表現だけで出来ているもの、観念や理屈に訴えて分かるもの、抽象的な曖昧な表現のもの、などである。一見詩的にはすぐれたものと映る句でも、俳句らしさの点で欠けていれば取るべきではない。

感心すべき句を見逃して、あとでこんなに良い句があったのかと思うことがある。それはおおむね不勉強に起因することが多い。字が読めない、語の意味を知らない、季語の知識がない、切れに慣れていない、省略についていけない等、これらは俳句に関する勉強不足である。沢山の句に接して俳句らしさに馴れることが、肝心である。

句会に出席することによって選句眼が養われるのだが、当然それが自分の作句にも反映し、自分の作る句も向上する。作句が向上すれば、また選句力もついてくるわけで、選句と作句とは循環しつつ相乗効果を上げることになる。

平成3年2月号

8　題詠句会

これまで宮城吟行句会で年に一度だけ題詠句会を行ってきたが、この二月からは、一年を通してもっぱら題詠だけで勉強する句会を別に開設することになった。

写生を重んじる「きたごち」では、現場で実地に物を見て作句する吟行を奨励し、頭の中で句を作ることになりやすい題詠は、試みることを余りしなかった。しかし、俳句の世界では、兼ねてより題を出しておいて句会を開く兼題や、句会の席上で題を出して即吟する席題が、しばしば試みられてきた。兼題は、漠然と句を作れと言われて戸惑う初心者に対してテーマを絞る点で有効であると考えられ、また、席題は、俳句の重要な性格である即興性を体験するための訓練としてベテランの間で有効であると考えられている。いずれにしても、同じ一つの主題で句を作り合うことは、お互いの句を較べ合って、相互に物の見方の勉強になることは確かである。それは、同じ場所を歩いて句を作り合う吟行句会の場合と同様で、他の人の物の見方を学ぶ格好の機会なのである。

しかし、兼題にしろ席題にしろ、題を出されて句を作る場合には、つい観念句に走りやすいので、その点を十分に注意する必要がある。題詠で写生句を作るポイントは、その題にまつわる過去の体験の記憶を思い起こし、その記憶の場面で具体的な物を探そうと努めることである。また、過去の体験がない場合には、その題に関係した場面を自分で構成しながら、そこに具体的な物を配置した上で、句を作ることである。記憶にしても構成にしても、これらは一種の観念であるのだから、観念句に流れやすいことを十分に弁えて、そうならないように極力具体的な物をイメージすることが大切である。

頭の中で想定した特定の具体的な場面で、即物的な写生句を作る訓練をするなら、実際に物を見て作る場合の物の見方にも大いに役に立つ筈である。

平成7年3月号

9　袋廻し

十二月のきたごち編集会では、仕事を終えたあとで、忘年会がわりに袋廻しをするのが恒例となった。袋廻しは、実力の揃った人の集まりで席題即吟の句会をするには、実に楽しい方法で、実作の鍛練としても有効であるから、折々に試みられるとよい。

われわれの遣り口は次の通りである。七人が集まっているとすれば、七枚の封筒を用意して各人に一枚ずつ配る。そして四十九枚の小短冊を各人に七枚ずつ渡す。七人がそれぞれにひとつ席題を決め、ひとわたりそれを紹介し、重なっていれば別の題に変える。それぞれの題を自分の封筒の表に書き、中央に置いた三分計砂時計を返して、スタートする。三分内に各自の手元の封筒に記された題で一句を作り、短冊に書いて封筒に入れる。三分経ったら封筒（袋）を右の人へ廻す。三分計を返し、廻って来た封筒の題で次の三分にまた一句を作り、短冊に書いて封筒に入れる。こうして、三分七回の計二十一分で各自が七題の七句を作り、一巡したところで封筒をあけ、清記をして七句選の句会を楽しむ。

慣れてくると三分はやや長いので、時間を短縮してもよし、また、かつて私の経験したものは、時間を限らず句の出来しだい次へ廻すために、作句の遅い人のところには袋が幾つも溜まってしまうことになった。遣り方は適宜工夫して楽しめばよいのであるが、人数は多すぎても少なすぎても無理で、五、六人から十人程度が適当であろう。

俳句は即興の文芸といわれる。それは、俳諧の発句がその折その場の挨拶句であったからで、袋廻しはまさに作句の即興性を体験するのにうってつけの方途である。また、作句の力をつけるには多作多捨が一番といわれるが、袋廻しはその点でも実効がある。ただし、題詠で写生句を作るためには、特定の実景を念頭に思い浮かべて、想念の景の中で物をよく見ることが大事であり、その修練がしっかりできていることが求められる。

平成15年3月号

十三、歌枕と俳枕

1　歌枕

奈良時代に多賀城が置かれ、都人の要人が滞在することの多かった宮城県域には、武隈の松、名取川、宮城野、末の松山、壺の碑、野田の玉川、塩釜の浦、松島、緒絶の橋、姉歯の松、美豆の小島ほか、たくさんの歌枕が存する。

歌枕とは、右のような、和歌に詠み継がれてきた地名（名所）を指すのが、今日では一般であるが、元来は、和歌を詠む際に用いる様々な言葉を集めたもの、の意である。十一世紀前半の歌学書『能因歌枕』は、「天地をば、あめつちといふ」（天地のことを和歌ではあめつちという）に始まり、全編が和歌用語の類集であった。そして、この書の中の一部に「国々の所々名」の項があって、山城国以下全国六十二の国のそれぞれの名勝地が列挙されており、この部分がもとになって、『五代集歌枕』『（伝能因）名所歌枕』などの名所歌集が現れ、室町時代には地名だけが歌枕として定着することになった。『能因歌枕』の「国々の所々名」に挙げられた地名では、山城国の八十六箇所、大和国の四十三箇所に次いで、陸奥国の四十二箇所が多く、出羽国も十九箇所を数えている。これらの名所は、都人の文学上の憧憬を反映したもので、架空の土地も多く含まれており、また、それぞれの地名には、宮城野は萩、末の松山は恋の契りなど、その地名の詠み込まれた有名な古歌から連想される景物や情趣が結びついているのが一般である。

俳句を作るわれわれにとっては、このような観念連想に走ることなく、ひたすら対象を写生することが大切であるが、俳句も日本の文芸の伝統につながるものである以上、先人達の各地の地霊との交歓や見ぬ土地への強い憧憬から生まれた歌枕のもつ精神だけは弁えておく必要がある。とりわけ歌枕に恵まれている宮城県では、伝統の沈澱したこれらの名所に吟行する機会が多い。その折のためにも十分に勉強しておくことが求められる。

平成4年3月号

2 室の八島

年に一度の一泊吟行会で折々に奥の細道の足跡を辿ってきたが、今年は日光と室（むろ）の八島（やしま）を訪ねる。日光は誰もが知っている観光地だが、室の八島に行く人は少ない。室の八島は古くからの歌枕で、栃木市の惣社地区にある大神（おおみわ）神社に当てられている。

室の八島のやしまとは古語の竈の意で、むろは土を塗り籠めて作った寝所や物置を意味し、従って「むろのやしま」とは元は土製の竈の謂であった。古来除夜に竈を浄めて残った灰の有様で翌年の吉凶を占う習俗があり、これを「室のやしまの言（こと）問い」と呼んでいた例もある。竈には煙が立つことから、室のやしまを煙や煙のように燻る恋心と結びつけて歌に詠む風習が生じ、室の八島という歌枕の地を想定して、その場所を下野国の大神神社に付会したのである。その地の清水の蒸発の水気が煙のように見えたから、という。

『おくのほそ道』の室の八島の条に見られる曾良の述べる縁起では、ここの摂社の祭神の木花開耶姫（このはなさくや）が、一夜の契りで懐妊して夫の瓊瓊杵尊（ににぎの）に疑われ、入口まで塗り籠めた土の寝所に入り、天孫の子なら無事である筈と、火を放って子を生んだので、この神社が火の燃える竈のような土室の意の室の八島と呼ばれることになった、という。さすがに神道に造詣の深い曾良のことで、実にしっかりとした神社縁起話である。

歌枕の室の八島がこの地とされてから、この宮の神域に八つの島のある池が作られたのであろう。現在も、濠のように掘られた水なしの池に八つの島が作られ、それぞれの島には、筑波社、天満宮、鹿島社、雷神社、浅間社、熊野社、二荒社、香取社の八神の小祠が祀られている。この池のほとりには、〈いと遊に結びつきたるけふりかな〉の芭蕉の句碑がある。この句は『曾良随行日記』の俳諧書留に、室八嶋との前書を付して残されている〈糸遊に結つきたる煙哉　翁〉で、後に曾良撰『雪丸げ』に収録されている。

平成26年8月号

3　葛の松原

福島県の桑折（こおり）の町から飯坂温泉に抜ける古くからの道がある。この道を飯坂へ向かって進み、東北自動車道の高架をくぐった先で右手の山際へ入ると、奥まった高台に松原寺という寺が建っている。この辺りが葛の松原と呼ばれる歌枕の地で、寺の脇の小高いところに観音堂があり、その横に葛の松原碑という名の碑が据えてある。碑面には、

世の中の人には葛の松原とよばるる名こそ嬉しかりけれ　覚　英

なき跡も名こそ朽せね世々かけて忍ぶむかしの葛の松原　栄　機

の二つの歌が、覚英のことに触れた文とともに刻まれている。

覚英は平安時代末期の人で、関白藤原師通の四子。奈良興福寺の学僧で若くして権少僧都となったが、求道の旅に出てこの地に庵を結び、四十一歳でここに没した。栄機は江戸

時代の福島藩の藩士で、隠退後に覚英のことを知り、松原寺におもむいて風化し果てた覚英の碑を見つけ、それに替えてこの葛の松原碑を建立した、という。

ところで、この桑折から飯坂への道は、元禄二年（一六八九）にみちのくの歌枕を訪ねてまわった芭蕉が、飯坂から逆に歩いて通った道である。しかるに『おくのほそ道』には葛の松原の記述が見られない。曾良の随行日記にも書かれていない。芭蕉が葛の松原という歌枕を知らなかったはずはない。『去来抄』によると、芭蕉の生前に出た唯一の蕉門の俳論である支考の『葛の松原』という書物の題を命名したのは、他ならぬ芭蕉だったからである。そして、芭蕉の後を慕って明和七年（一七七〇）にみちのくへと旅に出た暁台の『しおり萩』には、葛の松原や松原寺のことが書かれている。

栄機が葛の松原碑を建てたのが明和五年であったから、これが歌枕整備となって暁台に幸いしたのであろう。歌枕を一つ見落とした芭蕉には残念なことであった。

平成7年8月号

4　俳枕

「朝日新聞」にひととき「わが俳枕」という記事が連載されたこともあって、近ごろしきりに俳枕という耳なれない言葉が聞かれるようになった。和歌に詠みこまれてきた名所を歌枕と呼ぶのにならって、俳句に詠まれることの多い地名を俳枕と称するのである。

だが、この言葉、実は最近作られたものではなくて、すでに芭蕉の時代にも存在していた。京都生まれで江戸に長く住んだ高野幽山の著に『誹枕』（一六八〇年）なる俳書があり、全国各地の地名の詠みこまれた句が集められているからである。陸奥の項には、壺の碑、雄島、松島、仙台、米沢、会津ほかが見られ、全巻の巻末には、宮城野、名取川、実方塚、姉歯松、末松山、武隈松、緒絶橋、十符菅のみちのくの八ケ所が特記されて、それぞれを詠んだたくさんの句が集められている。

ところで俳枕が歌枕と異なる大きな点は、作者が実際に現地におもむいて句を詠んでいることである。歌枕は都びとの憧憬の対象として詠まれたもので、地名に結びついた情趣が大切であったが、俳枕はその土地を実地に踏んだ感慨によって詠まれたもので、高野幽山自身も全国各地を渡り歩いた経験をもとに『誹枕』を書いた。そして、この書の上木された九年後に、幽山と交わりのあった芭蕉が、みちのくの歌枕（俳枕）をたずねて旅に出たのである。二木の松や最上川などの古来からの歌枕は、芭蕉がその地を訪れて句に詠んだことによって、いわば俳枕へと転じたのである。

俳句は挨拶であると言う。季節への挨拶であるとともに、土地への挨拶でもある。それも、歌枕のように遠く離れた所から挨拶を送るのではなく、実際に現地を訪れて俳枕として土地に挨拶するのでなければならない。写生とか即物具象といった俳句の精神は、まさしく俳枕のもつ現地主義と通底しているのである。

平成4年11月号

5　地名を詠む

句の中に地名を詠み込むのは無理だと主張する人がいる。季語を一つ入れると、それだけで大きな部分を占めてしまうのに、その上土地の固有名詞を入れれば、言葉が詰まり過ぎて、もはや創作の余地がほとんどなくなるというのである。或いは、季語と地名とが、それぞれ重く働き合って、ちょうど季重なりのような相殺の関係になりかねない、と心配するのである。地名はなるべくなら、句に入れないほうがよい、という。

しかし、果してそうであろうか。私はむしろ地名が詠み込まれている句を、好ましく思う。俳句は連句の発句に由来する精神を幾分でも引き継いでいてよいであろうし、連句の発句は、しばしば土地に対する挨拶であることが多いからである。つまり、俳句は、旅吟や吟行など日常を越えた土地を訪れて詠まれることが多く、地霊への挨拶という点では、その土地の名をきちっと言挙げすることが最善であると思う。『おくのほそ道』の中にある芭蕉の句でも、黒髪山、笠嶋、光堂、南谷、羽黒山、月山、湯殿山、象潟、有磯海、小松など、或いは少しく間接的には、日光、遊行柳、白河の関、信夫、二木の松、尿前など、多くの地名が句に詠み込まれている。「あつみ山や吹浦かけて夕すずみ」の句は二つの地名が入っているし、圧巻は「五月雨をあつめて早し最上川」と「荒海や佐渡によこたふ天河」の二句であろう。

日本の文芸にはもともと歌枕という地名を詠み込んで感興を高める技法があったのであるし、俳諧においてもこれを俳枕として引き継いだのであるから、俳句においても、季語と地名との絶妙な取合せを試みることは、決して不自然なことではない。たまたま行き合わせた当季と当地とを詠い合わせて、時間と空間との交差の中に佳句を求めることができるなら、季節と土地との双方への立派な挨拶になるのである。

平成10年3月号

6　先人の足跡

伊賀で行われた「風」同人総会の帰路、吉野と和歌山を訪ねることができた。伊賀は芭蕉の故郷で、生家をはじめ、故郷塚、蓑虫庵、記念館、俳聖殿など、ゆかりの地をまわったが、今回は特に細見綾子句碑の除幕で柘植の福地城跡の芭蕉公園や大山田村の新大仏寺と猿蓑塚へも寄ることができ、嬉しい収穫であった。新大仏寺は〈丈六にかげろふ高し石の上　芭蕉〉の句の詠まれた寺で、『笈の小文』に出てくる。

吉野と和歌山も芭蕉に関係する土地で、芭蕉は和歌山の紀三井寺と和歌の浦とには『笈の小文』の旅で、また吉野には『野ざらし紀行』と『笈の小文』の旅で、それぞれに足を運んでいる。

ところで、芭蕉の旅そのものが、先人にゆかりの地を訪ねてのものであった。殊に西行への思い入れは強く、『野ざらし紀行』では、小夜の中山、伊勢神宮、西行谷、吉野山、西行庵、とくとくの清水など、また『笈の小文』でも、伊良湖岬、伊勢山田、とくとくの清水、吉野山、高野山、紀州路、など、芭蕉は行く先々で西行を思い起こし、西行の踏んだ地で西行の詩心に触れようとしている。『おくのほそ道』でも同じことである。

われわれも、俳句の道を歩もうとするなら、この道が芭蕉へ繋がっていることを思い、機会のあるごとに芭蕉の旅の心に触れる努力をするがよい。芭蕉が西行の跡を訪ねて歩いたように、われわれも芭蕉の跡を訪ね、また芭蕉と共に、西行をはじめとする日本の文芸史における先人たちの足跡を追うように努めるがよい。

尾形仂『座の文学』（講談社学術文庫に収録）によれば、俳句が座の文学といわれるのは、句座（句会）の形式をもつこと、結社の形式をとること、にとどまらず、俳句がそれに先行する長い文芸の歴史に連なって成り立っていることを意味しているのである。

平成2年7月号

7　地方の時代

広島県の本郷町にお住まいの「風」同人のMさんから『沼田本郷風土記の里』という立派な本をいただいた。これは、本郷町の観光協会が編集発行したもので、町の歴史と地理の紹介に加え、寺社、城址、古墳、墓碑、祭礼、瀑布など、町内の文化財を四十項目ほど解説してある。美しいカラー写真が豊富に添えられていて、とても楽しい。

宮城県でも、岩出山の有備館では、町の教育委員会の拵えた三巻本の『史跡のまち岩出山の文化財』を売っていたし、丸森へ出かけた時には、民営郷土館の斎理屋敷が発行した『ようこそ丸森へ―文化財ガイドブック―』という冊子を求めてきた。いずれもたくさんの写真と地図を使いながら詳細な解説がほどこされている。

地方の時代といわれてからすでに久しい。当初は、東京が混み合うから地方へ分散しようという、単に東京の都合で地方が浮上しているだけのことと思われたが、それでもぼつぼつと各地の地域起こしが始まり、町村ごとに、産業振興、自然保護、観光誘致、文化財の再発見などが進み、町村の観光課や教育委員会が、地方文化紹介の立派な冊子を用意するまでに至ったのである。各地に出かけて、それぞれの土地の良さを容易に知ることができるようになったのは有難い。

短歌が雅(みや)びの文芸であるのに対し、俳句は鄙(ひな)びの文芸だといわれる。王朝貴族の文芸に対して、一般庶民の文芸だということである。平安時代の宮廷で生長したのが和歌であるのに対し、江戸時代の市井に広まったのが俳諧だというわけである。それぞれの出自からして、雅びと鄙び、中央と地方、都会と田舎、という性格の違いがあることになる。

今後いよいよ本格的に地方の時代を迎えるのであれば、それはまた鄙びの俳句の時代でもある。「片雲の風に誘われて」各地を訪れ、地方色の濃い俳句を作っていきたい。

平成元年8月号

十四、祭事と行事

1 日本の祭

祭の語源は、目に見えない神が見える姿で顕現到来するのを待つというそのマツ（歓待する）から来ている、という。日常は異世界に居る神がその日に限って来臨するので、それを人が待ち受けることを祭るというのだと聞いた。祖霊を祀るのもそれである。

日本の祭は、このことが農耕と関わる四季の移ろいと重なって育った。

新しい年を司どる歳徳神を迎える新年の諸祭祀に続いて、豊穣祈念の春の祭が行われる。豊作を予祝する田遊びや物のけを鎮める花鎮めなどがそれである。

夏祭は悪疫退散が主で、茅の輪くぐりや形代流しで災いを払う夏越の祓、稲の害虫を駆除する行事の虫送り、病魔払いの各地の祇園祭などがその代表である。

収穫感謝の秋祭は、皇室行事の神嘗祭や新嘗祭ばかりでなく、三九日（みくにち）、十日夜（とおかんや）、亥の子などと呼ばれる刈上げの祭が各地にあるし、神を山へ返す山送りも秋に行われる。

冬の祭は新年準備の行事である。年間の穢れを払い翌年への準備をする霜月祭や、神楽を舞い湯立を行って無病息災を祈る各地の魂鎮めも、新年に向けての冬祭である。

日本ではこれらに仏教の歳事が加わって祭を複雑にしているが、中でも大きな祭は夏と秋の間に位置づけられる盂蘭盆会である。死後の世界に居る祖先の魂が苦しみを味合うことのないように祈る仏事で、門火、茄子の馬、盆棚、生身魂、墓参、流灯、大文字などたくさんの関連季語があるように、俳句作りの上でも正月に並ぶ大きな祭である。

東京近辺以外の日本の各地では、盆の供養は八月に営まれる。加えて八月には東北地方で、佞武多、竿灯、七夕、花笠踊など、眠り流しに由来する多種の祭が行われる。眠り流しとは、収穫の秋を控えた最も暑い時期に、労働の妨げになる睡魔を水に流し去ろうという行事で、それが盆踊や盆灯籠の盆行事と結びついて多様化しているのである。

平成24年8月号

2　農事の祭

稲作の農耕を中心に営まれてきた日本の生活では、さまざまな祭が一毛作の稲の一年ごとの再生産の祈念と感謝の行事として行われてきた。皇室で現在も修されている春の祈念祭、秋の神嘗祭、冬の新嘗祭は、大宝令（七〇一年）を受け継ぐ養老令（七五七年）の神祇令にすでに見られる古い祭祀であり、国家が形成され法整備が行われ始めた時から、日本では国を挙げて稲作農耕の豊作を神霊に祈願し、満作を神明に拝謝してきた。

祈年祭はとしごいのまつりとも呼ばれ、一年の水稲作業の始まる仲春（二月）に、その年の上作を願い、豊穣に伴う国家の安泰を祈る祭である。平安時代の延喜式（九二七年）では二月四日に執行と決まり、延喜式神名帳に載る全国三千余の神社に宮中から御幣（みてぐら）を頒けた。地方でも各地の国衙において祈年祭が行われ、一年の農を司どる年神（としがみ）（歳徳神）に豊年の年乞いをするようになった。日本の各種の春祭の原点はここにあるといえよう。

神嘗祭は、その年に収穫した新穀を天皇が大御饌（おおみけ）として伊勢神宮（天照大神）に捧げる祭儀である。神祇令では晩秋（九月）に行われるものと定められており、現在は月遅れの十月に執行、十五日から十七日にかけて伊勢の外宮内宮に産品が供進され、十七日に皇居で神宮遥拝の儀が行われる。新嘗祭は、天皇が新穀の収穫を感謝してこれを天神地祇に供え、みずからも食する祭儀である。十一月の二番目の卯の日と定められていたが、明治の改暦後は十一月二十三日となった。この両祭が日本各地の秋冬の祭の原初といえる。

暑い折の祭でも、雷よけの葵の葉で飾る葵祭は稲の害の風雨止め祈願であるし、七夕、佞武多、竿灯には農作業の睡魔流しの意味がある。各地の天王祭や祇園祭は労働力確保のための疫病送りである。水口祭や田植祭、雨乞祭や虫送りを含め、春の予祝祭から秋の収穫祭までの間にも、多くの農事の祭がある。日本の祭は農に導かれてきたのである。

平成22年4月号

3　七福神詣

新年の季語に七福神詣（七福詣、福詣）がある。正月の七日までの間に、七福神を祀る寺社を巡拝して、開運招福の朱印を集めてくるいたって庶民的な文化である。

十九世紀初頭の『享和雑記』に、江戸谷中の七福神参りの盛況が書かれているので、七福巡りは恐らく十八世紀の末ごろに谷中で始まった風習と思われる。文政年間（一八二〇年代）になると、蜀山人や谷文晁らの発案で隅田川七福神が設定され、また京都でも東山七福神が発案された。以後、各地にこの正月の民俗文化が伝わることになる。

谷中の七福神詣は現在も盛んで、不忍池の弁財天、上野護国院の大黒天、谷中長安寺の寿老人、谷中天王寺の毘沙門天、日暮里青雲寺の恵比寿、日暮里修性院の布袋尊、田端東覚寺の福禄寿を巡る。上野の不忍池の弁財天にいけば、宝印用紙と地図とが用意されているから、これを求めて歩けばよい。田端の東覚寺まで徒歩二時間。一寺社ごとに三百円ほど取られる。在京の方は勿論のこと、上京の旅先でも、正月七ケ日の内に上野で二時間ばかり余裕があったら、試みてみるがよい。江戸庶民の心の一端が知られる。

隅田川七福神も今日なお大変な賑わいをみせる。向島の三囲神社に恵比寿と大黒の二福が祀られており、ここを起点として、弘福寺の布袋、長命寺の弁天、百花園内の福禄寿、白髭神社の寿老人、多聞寺の毘沙門と巡る。色紙を一枚用意していくと、それに順に朱印をもらえるし、案内のパンフレットを一冊求めると、七神のそれぞれに置いてある無料のスタンプを押すことができる。また、ここの特徴は御分神と称する小像を出していることで、これを七体揃えて、百花園で売っている舟に乗せると、宝舟が出来上がる。

仙台でも昭和六十年の正月から七福霊場が組織された。北の秀林寺の大黒天から南の鉤取寺の福禄寿までかなりの距離があり、歩いて回るには無理がある。

平成4年1月号

4 雛祭

三月三日は雛祭。デパートや大型スーパーには立派な雛飾が並び、初節句の女児に祖父母からこれを贈る贅沢な風習ができた。今日では雛は女児の健やかな成長を願う祈りの表れとして一般化しているが、これが俳句の季語として定着しているからには、歴史的な背景を含めてその本意を十分に弁えておくことが大切である。

雛祭はもともと、中国から伝来した三月上巳（じょうし）の行事に、わが国の平安時代の習俗であった紙人形によるままごと遊びの「ひひなあそび」が結びついたもの、といわれる。三月最初の巳（み）の日に行われ、のちに三月三日の重三（ちょうさん）の日に移された行事とは、宮中の曲水の宴にも転じた川辺での撫物（なでもの）の人形（ひとがた）による穢れの祓いである。この形代（かたしろ）と紙人形遊びの雛形とが融合して、室町時代に雛祭の素型ができ、江戸時代に五節句の一つとなって雛壇を飾る風習が生じた。その江戸初期の当初には、形代に近い立雛の紙人形であったものが、やがて華美な内裏雛になり、江戸末期に三人官女や五人囃子が加わるようになった。

したがって、女児の成長と健康を願う今日の習俗の背後には、形代に災厄を移して払い去るという呪術的な意図があり、それが各地の流し雛や雛焚きに残っているのである。

鳥取県各地の流し雛は、二組の夫婦雛を雛壇に飾ったあと、一組を神棚に供へ他の一組を桟俵にのせて流す。或いは、たくさんの赤い紙雛を竹に挟んで流す。和歌山県加太の淡島神社の雛流しは、毎年テレビで放映されるので有名になった。横須賀市芦名の淡島神社の雛流しにも人が集まる。淡島神社は安産の神で、この雛流しには女性の苦しみを除く願いがこめられている。歳末に古雛を祠に集めて小正月の左義長の火にくべる行事も関東地方の各地に残るが、山形県谷地の秋葉神社で行われる雛焚きでは、形代の紙も一緒に焚かれるので、雛祭にこめられた厄除けの原義をよく残すものといえよう。

平成12年3月号

5　端午の節句

「名取川を渡て仙台に入。あやめふく日也」と『おくのほそ道』にある通り、芭蕉がみちのくの旅で仙台に着いた日は、端午の前の日、軒にあやめを葺く五月四日のことであった。新暦に直すと六月二十日に当たり、梅雨の時節であったと思われる。芭蕉のいうあやめとは、菖蒲の古称であって、アヤメ科の花あやめや花菖蒲のことではない。現在でも菖蒲湯に用いている葉に強い香りのあるサトイモ科の植物で、花は至って乏しい。

端午は中国に発した行事で、元来は月の初めの午の日の意であったが、正月を寅の月とする暦では五月が午の月になることから、五の重なる五月五日を端午と呼ぶようになり、伝染病の発生し易い高温多湿の梅雨のこの時期に、病気を防ぐための祈念の行事が結びついたといわれる。菖蒲は芳香があるうえに、根が健胃薬ともなるので、この行事では邪気を払う魔除けとして用いられた。艾（もぐさ）や蓬が用いられることもあった。

日本に伝わってからも、病魔払いの菖蒲を軒に吊るなどの風習が踏襲されるが、菖蒲が尚武に通じることから、近世の武家の間で、頭につけた魔除けの菖蒲を兜に見立て、やがて甲冑を飾って男子の尚武の気概を祝う風習が生じた。また、この日は邪気を避けて家に忌み籠もる風習もあり、その忌み籠りの表示に掲げた吹流しの幟が、武者幟や鯉幟に転じたともいわれる。こうして今日見られる端午の節句の諸行事が定着した。

もっとも、戦後はこの日が子供の日として国民の祝日になり、憲法記念日と合わせて連休の一日になった。平和憲法で武力を放棄し、敢えてこの日を尚武と結びつける必要がなくなったために、鯉幟や武者人形は女の子をも含めた子供の健やかな成長を願うものとなり、そして菖蒲は本来の病魔を避ける祈りの象徴に戻ったといえよう。連休最後の日は、連休疲れなどの出ないよう、菖蒲湯に入って英気を養う日でありたいと思う。

平成16年5月号

6　五月の祭

四月末から五月初めにかけてのいわゆる黄金週間の連休が終わると、いよいよ夏に入る。例年五月六日ごろが立夏といわれるが、今年の立夏は五月五日の端午の節句の日。

五月というと、祭の本格化する時節でもある。東京では浅草祭（三社祭）が五月第三日曜日にかけて行われ、勇壮な神輿の渡御が見られる。京都では加茂祭（葵祭）が五月十五日に行われ、優雅な行列が楽しい。殊に葵祭は歴史が古く、すでに『源氏物語』にその賑わいの記述が見られるが、もともと祭といえばこの葵祭を指していたので、今日でも祭は総じて夏の季語になる、とは、どの歳時記にも説かれている通りである。

江戸の祭の代表となれば神田祭（天下祭）が挙げられるが、これも五月の祭である。ただし、六月の山王祭（日枝祭）と隔年で交互に行われるもので、今年は神田祭は本祭ではなく陰祭になる。たまたま私は昨年の神田祭の日に上京していて、見物する折を得た。

京都ではほかにも、藤森祭、今宮祭、八瀬祭、嵯峨祭、御霊祭、三船祭など、五月の祭礼がたくさん続く。また、徳川家康の忌日が旧暦四月十七日であることから、全国各地の東照宮で五月十七日を中心に東照宮祭が営まれるが、本家の日光では千人武者行列が出るなど大掛りな祭が繰り広げられる。東京府中のくらやみ祭や島根出雲の大社祭も有名な五月の祭であるし、山形鶴岡の化物祭は変装した男女が酒を勧めて歩く奇祭である。

祭は各人の日頃の生活を超えた公的なハレの時である。したがって俳句作りにとっても普段は経験できない脱日常の句材に恵まれる好機である。常態化した生活の中に感動を求めるのはなかなかむずかしいが、祭は平素とは異なる事態に出会う機会であり、感奮を呼ぶ対象に満ちているので、それなりの姿勢をもって臨めば佳句をものにする可能性が大きくなる。祭好きの野次馬になって、あちこち祭荒しをしてみるのも一興である。

平成20年5月号

7　おしら神

弘前大学の宗教学教授諸岡道比古さんの案内で、弘前市郊外の久渡寺（くどじ）へオシラアソバセの祭事を見に出かけたことがある。今から十年も前の平成十五年五月十六日のこと。弘前城の桜も散って、北国の遅い春がいまやたけなわという頃であった。

久渡寺は津軽観音札所一番の寺で、観音堂には聖観音が祀られ、本坊には十一面観音、虚空蔵、阿弥陀、薬師の諸仏が安置されている。平安時代の末から救度寺の名でこの地にあったと伝えられる古い寺だが、明治になって寺の住職が近在の民間に伝わるおしら神の信仰を講として組織化し、この寺をその本山にした、という。

おしら神とは、東北地方に広く伝わる養蚕の神で、蚕の餌の桑の木の棒を男女一対の像や姫と馬の像に作り、これにオセンダクという衣装を着せたものである。イタコと呼ばれる巫女が、この衣装を着せ替えたり手で持って舞わせたりして、祭文を唱える行事が、オシラアソバセである。久渡寺のおしら様はみな細身の長軀で、金襴緞子や白無垢の衣を身に纏い、頭には飾りの付いた冠をかぶっている立派なもので、感心した。

おしら信仰は、中国の『捜神記』に見られる馬娘婚姻譚に由来する、といわれる。父の去った家を守る娘が、雄の馬に父を探して連れ戻せば馬の嫁になると約束する。馬は娘の父を連れてくるが、娘と父は約束を守らず馬を殺して皮を剝ぐ。すると馬の皮が娘を包んで飛び去り、桑の木に留まって蚕になった、という話である。馬と娘の一対の夫婦神を養蚕の護り神として崇めるおしら信仰は、この話に基づくもの、というのである。

東日本で養蚕は大切な産業であった上に、東北は長く馬産地であり、曲り家にも見られるように馬の労働力を大事にしてきた。その風土がおしら信仰を育てたのである。

今年は午年。馬からの連想で、かつて見たおしら神の祭祀を思い出した次第である。

平成26年1月号

8　土用

土用といえば鰻を連想する人が多いだろうが、それ以上に出ないのであれば困りものである。一年中で最も暑い時節であるとか、もう少し正確に、七月二十日ごろから八月六日ごろまで、すなわち、立秋の前の十八日間、あるいは暦の上での夏の最後の十八日間、といった程度のことは知っておかないと、俳人としては恥ずかしい。

土用はもともと中国の陰陽五行説に由来するもので、暦の上では春夏秋冬の各季節の最後の十八日間を指した。五行説とは、木火土金水の五元素をもって人間と世界の全現象を説明する思想だが、季節については、木＝春、火＝夏、金＝秋、水＝冬と割り当てられ、最も大切な真中の土が、各季節を支えるものとしてそれぞれの季の最後の十八日間に割り振られたのである。そして、今日では、最も土気の盛んな夏の土用だけを土用と呼ぶ慣わしになった。それで、ほぼ夏休みの前半が土用だと覚えておけばよいことになる。

最も暑い時期なので、いろいろな行事習俗が生まれたが、その代表が、土用の虫干しと土用丑の日の鰻であろう。土用干しは、ちょうど梅雨明けと重なるこのころに、衣類、書籍、書画などを陰干しして虫や黴から守るものである。風入れと称して寺社が宝物を公開することもある。土用鰻は、夏負けで体力の衰えるこのころに精のつくものを食べようという勧めで、ウの字のつく瓜や梅干しを食する地方もある。なぜウの字なのか丑の日なのかは不明だが、鰻を土用丑の日に食べるのは平賀源内が考案したという説がある。

ほかにも、土用に埋葬を禁じたり、土の作業をしないという風習もあり、また、土用餅や土用粥を食べる地方もある。歳時記には土用蜆も載っている。季語としては、土用入、土用明、土用太郎、土用次郎、土用三郎、土用見舞、土用芝居、土用灸、土用波など、たくさんの用法があり、暑い土用を俳句でいろいろと楽しみたいものである。

平成16年8月号

9　峰入り

今年の一泊吟行会は、最上川、羽黒山、善宝寺、鶴岡市内を巡った。最上川では舟下りを体験し、善宝寺では池の人面魚を覗き、鶴岡では藩校致道館を見学のあと、各自自由に数時間を過ごした。それぞれの場所で極めて収穫の大きい二日間となった。

とりわけ羽黒山では、全員が助け合って、頂上の三神合祭殿から麓の随身門まで二千五百段に近い石段をくだり、芭蕉が奥の細道の旅の折に長逗留をした南谷別院の跡に踏み入ることができたのは、快挙であった。その上、祓川橋を渡る前後では仏教系の峰入りの一行に出合い、泊まった宿坊では神道系の峰入りの行者達と同宿して、秋の峰入りの人々に接する機会を得た。羽黒派修験道の雰囲気の一端に触れることができて、幸運であった。

修験道の修行であるこの峰入りは季語になっているが、歳時記によって春になっていたり夏になっていたり、季がまちまちである。峰入りとはもともと大峰入りのことで、奈良県吉野から和歌山県熊野へ至る大峰山塊に入ることを指した。ここを曼陀羅に見立て、山中を巡る苦行を通じ擬死再生の修行をしたのである。春夏秋冬に行われていたものが、最盛期の室町時代に、熊野から入り吉野に出る春の順の峰入りと、吉野から入り熊野に出る秋の逆の峰入りとが定着、特に春の順峰(じゅんぶ)が季語となった。その後、順峰はすたれ逆峰(ぎゃくふ)のみになってからは夏に行われることになったので、現在は夏の季語なのである。

ところが羽黒山に残った修験道では、春の峰入りが廃仏毀釈の折にすたれ、夏は一般登山に吸収され、冬は年越しの松例祭行事となり、秋の峰だけが前世現世来世を渡り巡る三関三渡の行として今も受け継がれている。そして、神仏分離以降、荒沢寺の仏道系のものと出羽三山神社の神社系のものと二つの秋の峰入りが、ほぼ同時期に行われている。いずれも、南蛮いぶし、断食、水断ち、回峰行などをともなう荒行である。

平成16年11月号

10　神楽

多くの神社に神楽殿が設けられており、春祭の際にも秋祭の折にも、四季を通じて神楽が演じられるが、俳句では神楽を冬の季語として扱う。千年の歴史をもつ宮中の御神楽之儀が、例年十二月中旬の吉日に行われるので、これにならってのことである。

宮中の御神楽は天岩戸の前の天鈿女命の舞を起源とするもので、神楽の語源は神座であるといわれる。神を迎える座を設け、その前で歌舞を演じるのである。

神楽は民間にも一般化し、これを御神楽から区別して里神楽と呼ぶ。したがって、神楽には御神楽と里神楽とがある、と考えればよい。そして、われわれが普段接する神楽は、里神楽であり、これを「おかぐら」と親しく呼び慣わしている。神楽の語を御神楽にだけ限って用いるように受け取れる歳時記もあるが、里神楽を神楽と呼ぶも一向に差支えはない。ただし、俳句の約束から、神楽を季語に用いる場合はあくまでも冬季である。

民間の神楽にはさまざまな習俗が混じり、これらを明確に仕分けすることは困難だが、大まかにいえば、出雲系神楽の採物（とりもの）神楽、伊勢系神楽の湯立（ゆだて）神楽、それに獅子（しし）神楽と巫女（みこ）神楽の四つほどに分類される。採物神楽の一種の能（のう）神楽を別に立てる場合もある。

採物神楽は、鈴、扇、榊、幣、剣、弓などの採物を持って舞う神楽で、岩戸神楽、神代（じんだい）神楽、太々（だいだい）神楽などの名で全国に流布する。湯立神楽は、大釜に沸かした湯を人々に振りかけて魂の再生をはかる神楽。伊勢で古くから行われていたが、現在は伊勢には残っていない。愛知の花祭がこの代表で、霜月神楽の名のものもある。獅子神楽は、獅子頭をつけた獅子舞による悪魔払いで、山伏神楽、伊勢の太（だい）神楽もこれである。巫女神楽は、鈴、扇、榊などを手にして巫女が舞うもの。巫女舞ともいわれ、各地の神社で行われる。

十一月を迎えた。健康に注意しながら、神楽を季語に使う機会を探したい。

平成18年11月号

11　庚申塔

吟行をしていると、道端や田の畦に石仏や石塔をよく見かける。地蔵や道祖神や馬頭観音などはそれとすぐに分かるのだが、比較的よく見るものでありながら分かりにくいものに、庚申塔（こうしん）がある。青面金剛（しょうめん）を中央に、上部には日と月、下部に三猿、それに鶏が彫られているのが一般的である。ただし、それら全部が揃って刻まれているとは限らない。

青面金剛は、おおむね恐ろしい形相をしていて、三眼のものもある。手は二本の場合もあるが、四本、六本、八本など、多様。棒や羂索、弓矢など、いろいろな持ち物を有しており、中に人間を握っているものもある。足で邪鬼を踏まえている場合もある。

この庚申塔を祀る庚申信仰は、日本に固有のもののようで、平安時代にすでに存在したともいわれるが、隆盛を見たのは庶民文化の華やかになった江戸時代である。

人間は誰しも三尸（さんし）と呼ばれる三つの虫を体に宿している。上尸は頭に住む黒い虫、中尸は腹に居る青い虫、下尸（げし）は足に巣食う白い虫である。これらの虫は、六十日に一度の庚申（かのえさる）の日になると、人の眠っている間に人の体内から抜け出して、天帝にその人の悪事を報告する。天帝はその悪事に応じて人の寿命を短縮する。そこで、長生きをするためには、三尸の抜け出るのを阻止すればよいわけで、庚申の夜は互いに眠らぬよう皆で集まって徹夜の行をする。行の内容は、宗教的なものがやがて俗化し、いろいろな形をとる。

夜が明ければ三尸は上天をあきらめるので、申（さる）の日の夜が明けて酉（とり）の日の朝を迎えればひと安心ということから、庚申碑には、猿と鶏とが描かれたり、夜の月と朝の日とが彫られたりしているわけである。人が徹夜をしてその力にすがる青面金剛は、もともと帝釈天が衆生救済のためにつかわしたものだから、庚申信仰は帝釈天信仰とも結びつく。

これからは、吟行の折に、是非とも庚申塔にも気をつけてみていただきたい。

平成14年4月号

12　教会暦

クリスマス（降誕祭）とイースター（復活祭）はどの歳時記にも採用されているが、キリスト教三大節のもう一つのペンテコステ（聖霊降臨祭）は小さな歳時記には載っていない。かつてドイツで生活していた折、西洋の暦が全面的に教会暦に依存していることを肌で知り、俳句の国際化に合わせてキリスト教の祭日を季語に取り込む必要を覚えた。

折しも今は教会暦のアドベント（待降節）。クリスマス前の四つ目の日曜日から始まる期間で、降臨節とも呼ばれる。キリストの誕生を祝うための準備の期間であり、教会暦の一年の始まりでもある。アドベントクランツと呼ばれる緑の葉の輪飾に四本の蠟燭を立てたものを飾り、日曜ごとに一本ずつ灯して四本を灯し終えるとクリスマスを迎える。このアドベントも、大歳時記には出ているが、一般の歳時記では余り見かけない。

イスラム暦は一年を三百五十四日と数えるので、太陽暦からずれが生じ、ムハンマドの聖遷（ヒジュラ）を記念する一月一日が夏になったり秋になったりして、暦日に季節感がない。したがって、イスラム暦の祭事は季語になりえないが、キリスト教はヨーロッパの文化として発展したため、祭事が地球の北半球の四季の変化にかなっているのである。

ただし、キリスト教も仏教のように多くのセクトに分かれていて、それぞれに異なった祝日の行事を営むので、祭祀のすべてを挙げると煩瑣になるから、各セクトにほぼ共通する三大節を中心に、祭日の各種の呼称を季語に採用するとよいだろう。

待降節（降臨節、アドベント）、降誕節（降誕日、クリスマス、一月六日の公現日または顕現日）、四旬節（受苦節、レント、灰の水曜日）、棕櫚主日（聖枝祭）、受難週（聖週間、洗足木曜日、聖木曜日、受難日、聖金曜日、聖土曜日）、復活節（復活日、イースター、昇天日）、聖霊降臨日（ペンテコステ）といった辺りの季語を定着させたい。

平成22年12月号

13 復活祭

復活祭（イースター）はキリスト教が教会暦の中で最も重視する祭である。キリストが十字架上の死を克服して復活したことを記念する日のことで、紀元三二五年のニカイア公会議の折に、春分の後の最初の満月の次の日曜とすることが決まった。今年は春分が三月二十日で、その後の満月は四月九日となり、四月十二日の日曜が復活祭に当たる。

復活祭はキリスト教の過越祭（すぎこしさい）とも呼ばれる。過越祭とはユダヤ教の三大祭の一つで、昔ユダヤ人がエジプトを脱出する際に神がエジプト人の長子を殺害したが、生けにえの子羊の血を門に塗ったユダヤ人の家だけは神が過ぎ越した、という故事に従って、陰暦ニサンの月（陽暦の三月ないし四月）の満月の十四日に行われるユダヤ人の祭儀である。

そして、キリストの死は人類の贖罪の生けにえと考えるキリスト教でも、キリストの血の意味を信じる者には神の罰が過ぎ越すことになるので、復活祭が過越祭と結びつき、キリスト教でもニサンの月（春分の頃）の満月の日に復活祭が行われるようになった。ただし復活日は日曜だったというので、ニカイア会議でこれを日曜に限定したのである。

復活祭はフランス語でパーク、イタリア語でパスカという。これは共にギリシア語の過越祭のパスカから来ている。また、英語のイースターとドイツ語のオースターは、ゲルマン神話の春の女神のオスタラに由来するといわれ、復活祭が歴史の中で春の新たな生命の復活と結びついた信仰であることを示すもの、という指摘もある。

ヨーロッパでは、昼が夜より長くなる春分過ぎに冬時間を夏時間に切り替える。また復活祭には太陽が喜んで三度跳びはねるといわれており、日本語の春の語源の「張る」と同じく、春分や復活祭は生命の張り始める時なのである。俳句でも復活祭は早くから季語として定着しており、新しい生命のシンボルの染卵も副季語として詠まれている。

平成21年4月号

14　聖霊降臨日

六月の思い出の一つに、ローテンブルクの祭がある。私がフランクフルトに居た時に、日本から来た客を案内してローテンブルクへドライブしたところ、たまたまプィンクステン（聖霊降臨日）の祭に遭遇した。三十年戦争の当時を再現する祭である。

ローテンブルクはドイツのロマンチック街道の中心地。城壁の囲む典型的な中世都市である。ドイツでは十世紀に神聖ローマ帝国と呼ばれる国が生まれはしたが、地方諸都市の独立性が強く、十一、二世紀ごろ商人の活動が活発になると、各地に商業の拠点として自衛の城壁を持つ自治都市が作られた。ローテンブルクもその一つである。

十七世紀になって、ハプスブルグ家とブルボン家との間の国際戦争が皇帝派と新教派の戦いとなり、ドイツは三十年戦争（一六一八―四八年）の嵐の中に置かれた。新教派に与したローテンブルクはティリー将軍率いる皇帝軍に占領されるが、大杯の葡萄酒を一気に飲み干す者がいれば町を明け渡してもよいとの将軍の言葉に応えて、老市長のヌッシュが見事にこれを飲んで、町を救ったという。町のからくり時計では、毎日十一時から十五時まで定時にこのマイスタートルンク（酒豪の一気飲み）を人形が演じる。

聖霊降臨日の祭は、この歴史の出来事を一日かけて町中で実演する。三十年戦争当時の軍服を着て武器を持った兵隊が町に溢れ、騎馬隊が石畳を歩き回り、店や家に押し入って酒やソーセージを貰う。やがてマイスタートルンクの一幕が終わると、一六三一年の軍隊行進と呼ばれる行列になって市庁舎前を次々に進軍する。ワインを飲んで機嫌をよくしている兵隊がいたり、重い鉄砲を持たせてもらったりして、楽しい一日であった。

聖霊降臨日は本来はキリスト教の教会の生まれた祝日である。復活祭後五十日目の日曜日で五旬節（ペンテコステ）ともいう。大きな歳時記なら出ている季語である。

平成25年6月号

15　サンタクロース

かつてドイツで生活していた折に、十二月に入って、四十世帯の各国人の入居する大学客員教員宿舎で、クリスマス・パーティーが開かれたことがあった。その会場に、子供達のためにプレゼントを持って来たといってサンタクロースが登場したのだが、私の知っているサンタクロースとは似ても似つかぬサンタクロースが現れて驚いた。

それは、十字架のついた高い司祭帽をかぶり、司祭服の赤と黄のガウンをまとった、聖ニコラウスであった。そして、その後ろには、顔じゅうが鬚だらけの恐ろしい姿をして手に木の枝を持ったクネヒト・ループレヒトという従者がついていたのである。

サンタクロースの起源は、三世紀から四世紀にかけて実在したトルコの司教の聖ニコラウスといわれる。彼には、貧しい人の窓辺に金塊を投げ入れて人助けをしたという伝説があり、ヨーロッパ各地で守護聖人として崇められ、やがて十二月六日が聖ニコラウス祭となった。聖ニコラウスはオランダ語でシンタ・クラースといい、オランダ移民がこの祭を持ち込んだアメリカでサンタ・クロースになった、といわれる。

そして、現在のわれわれが持つサンタクロースのイメージは、十九世紀後半から二十世紀の初頭にかけて、アメリカのイラストレイター達が作り上げたもので、特に、コカ・コーラの広告とディズニーのアニメ化による力が大きい。有名なフィンランドのサンタクロース村にも、世界を席巻したこのアメリカ流のサンタクロースが住んでいる。

しかし、ヨーロッパ各地にはまだ聖ニコラウスのサンタクロースが生きている。その彼が伴う従者は、毛むくじゃらの悪魔のクランプスであったり、麦藁をまとったブットマンドルであったりするが、彼らはみな悪い子をこらしめる秋田のなまはげと同じ役目をしている。私がドイツで見た従者の手の木の枝は、悪い子をこらしめる鞭だったのである。

平成17年12月号

十五、国際化

1　俳句の国際化

「きたごち」会員でドイツ在住の荒木忠男さん（在フランクフルト日本総領事）が、この夏しばらく日本に帰国しておられた。繁忙の中を仙台まで足をのばされたので、半日を平泉へご一緒して、久しぶりに旧交を暖めることができた。

その滞在中の或る日、荒木さんが俳句文学館でドイツの俳句事情について話をされる機会があり、私も上京してその会に出席した。沢木欣一俳人協会会長、金子兜太現代俳句協会会長をはじめ、現俳壇の中で特に海外の俳句（Haiku）に関係する俳人が三十名ほど集まった会であった。

来年のフランクフルトのブッフ・メッセ（書籍見本市）の際に日本特集が計画されているが、そこに俳句のイベントを持ち込んではどうか、という荒木さんの提案もあって、話の弾んだ会になった。

その折に、集まった俳人の中から、海外で盛んになりつつある現在のHaikuについて、いろいろな意見の開陳があったが、私も思うところがあったので、大旨以下のようなことを述べさせていただいた。

国際化とは、一般に、自国中心の発想を放棄することであり、絶対的な中心の欠如の認識である。従って、国際化という相対化の時代に大切なことは、様々な民族や国家の立場がそれぞれに権利をもつことを、相互に承認し合う、寛容の精神である。

俳句にも今や国際化の波が及びつつあるとすれば、「俳句」を基準にして「Haiku」は俳句ではないと苛立たしく決めつけてしまうのではなく、諸外国のそれぞれの文化伝統の中にHaikuが吸収され、その土壌の中で生長していくことを、寛容の心で暖かく見守りながら、今後とも根気よく対話を重ねていくことが求められているのである。

平成元年11月号

2 日独俳句大会

十月五日の夕刻から、六日、七日と、三日間にわたって、バートホンブルク城とフランクフルト・メッセゲレンデを会場に、日独俳句大会が開かれた。「きたごち」からは、現地の荒木さん、関さん、贄田さんの三人と、日本からの二人の、五人もの方が参加された。殊に荒木忠男さんはこの大会の主催者で、企画運営の万般に尽力された。

バートホンブルクはタウヌス山地の裾に位置し、ドイツには珍しい街路の広い白の目立つ清潔な町だ。ここの城は、ドイツ皇帝の夏の王宮にもなった。フランクフルトのメッセ会場は、日本領事館の目の前で、私の住んでいたベートーヴェン通りの大学客員宿舎からも近く、なつかしい所である。

大会の様子は、荒木さんと関さんから、電話や手紙で逐一報告をいただいたので、表に出ないことまで詳しく知ることができた。日本から参加された方々の話もうかがい、総合して、大会は大成功であった。

国際化の社会とは、異文化理解の度を深めることで初めて成り立つ。世界中に広がっているHaikuが、本来の俳句を十分に理解しないまま一人歩きをしてしまうのであれば、真の俳句の国際化とはいえない。今回の大会は、日本を代表する俳人達が大挙してドイツを訪れ、沢山のドイツ語Haiku作家達と共に互選の句会を開いた、その一事だけで、大きな文化交流の意義を果たした。異文化理解は、書物や講演を通してだけでなく、身体でじかに触れて感じ取ることが大切で、その意味でこの大会がドイツ側の参加者に与えたインパクトは、極めて強烈であったようだ。

もっとも、裏方から見れば多くの問題を残したことも事実だが、本大会が沢山の課題を生み出したとすれば、それも大局的に見て大いに意義のあったことなのである。

平成2年12月号

3　国際交流

成瀬櫻桃子さんを団長とする俳人協会の一行に加わり、山崎ひさをさんや黒田杏子さんらと、国際俳句交流の旅をしてきた。行く先々でそれぞれに実りある旅となった。

ドイツでは、九月十七日と十八日にケルンの日本文化会館で日独俳句シンポジウムが開かれ、俳人協会の三十一名と現代俳句協会の三十名の日本からの参加者に、ドイツ側から三十八名のハイク作家が加わって、四つの講演に活発な討論がなされ、また互選の句会を開いてその選評と討論も行われた。特に互選の句会は、連衆や結社の意識の薄いドイツのハイク作家にとって、よい刺激になったと思う。その選評と討論では、写生による瞬間の切り取りを評価する日本人と、詠まれているモノの前後に長い物語を読み込むドイツ人の解釈との、際立った相違が浮き彫りにされて面白かった。

続いて、加藤耕子さん、宇咲冬男さん、渡辺勝さん、上田泰真さん、それに小生の五人が、フランクフルト俳句協会の招きを受け、バートナウハイムの薔薇博物館での講演と連句の会に参加した。ここでは、私が「芭蕉と旅」の題で、西洋と日本の自然観の違いに触れた話をしたが、何より特筆すべきは、宇咲さんの捌きで日独合同の半歌仙を巻き上げたことである。ドイツ側から七、八人が参加したので、十人を越える人の提出する付句から治定するのに時間がかかったが、シュレーダー美枝子さんという願ってもない名通訳のお蔭で、二日間にわたる付け合いの末、半歌仙の満尾をみることができた。

イタリアでは、きたごち会員のヴァチカン大使荒木忠男さんが、大使公邸を開放して日伊俳人交流の会を開催、イタリア俳句友の会の会長マナコルダさんや事務局長ヴァジオさんらと親しく交歓する機会が得られて、楽しかった。ことに、沢木欣一先生と親交のあるイアロッチさんにここでお目にかかれたことが、とても嬉しかった。

平成6年12月号

4　国際親善

フランクフルト在住の三人のきたごち会員の強い要請もあって、私の退職を機会にドイツへ出かけることにした。その話が伝わり、現地の独日協会とフランクフルト俳句会とが私共のために二日間にわたって歓迎の諸行事を組んでくださり、ありがたかった。

一日目は、レーマーと呼ばれる市庁舎の前に十時に集合し、ゲーテ生誕二百五十年を記念する「ゲーテの足跡を訪ねて」の一日吟行会。ドイツ人七名と日本人九名の十六名で、市庁舎、ゲーテの生家、マイン河畔、ヴィレマー家別荘の地のゲルバーミューレ、旧ニコライ教会、ドームなどを、一日がかりで歩き、夕刻からドイツ人が更に三人加わって、ザクセンハウゼンの林檎酒の酒場で交歓会を開いた。ゲルバーミューレにはマイン河の観光船に乗って行ったが、船内で昼の食事をしながらの遊覧は楽しかった。

二日目は、俳句ワークショップ「日本の句会」と銘打って、フランクフルト俳句会のドイツ人俳人十七名に日本人九名が加わり、総員二十六名で互選の日本式句会を行った。形式的に投句や清記などをしたあと、予め投句をして用意してあった日独両語併記の清記用紙に差し替えて句稿回覧の互選を行った。披講と名乗りをしてから、各自の特選一句について一言ずつ評をしたが、ドイツ人の鑑賞がわれわれにはとても面白く思えた。最高点句は〈太陽を吸ひし野茸煮えてをり　クリスチーナ・ケルン〉であった。

続く子規についての私の講演には、独日協会の方々やバートナウハイムの薔薇博物館の館長さんもお出でくださり、実りのある質疑応答もあって有意義であった。歓迎夕食会は各自の手料理を持ち寄ってのバイキング方式で行われ、心の籠もるものとなった。

フランクフルト俳句会の主宰者エリカ・シュヴァルムさんと、翻訳と通訳の中心になってくださったシュレーダー美枝子さんとには、殊にお世話になった。

平成11年10月号

5　『海を越えた俳句』

「風」同人で早稲田大学教授の佐藤和夫氏の『海を越えた俳句』（丸善）が出版された。佐藤氏にはすでに『菜の花は移植できるか』（桜楓社）や『俳句からHAIKUへ』（南雲堂）などの労作があり、俳句を通しての氏の比較文学論には定評がある。

新宿の京王プラザホテルで開かれた『海を越えた俳句』の出版記念会の最後で、佐藤氏は、これまでの日本の学問は中国や欧米の外国文化の輸入ばかりを仕事にしてきたが、自分は一度輸出された日本文化の逆輸入業者なのだ、と挨拶をして、引出物に逆輸入品のハイクティーを配るという念の入ったユーモアぶりを発揮された。佐藤氏の挨拶を聞きながら、私はそのユーモアの背後に、これからの日本の学問のあるべき姿勢の一つが示されていることを聞きとり、その意味で大変含みのある面白い挨拶だと感じていた。

夏休みの初めにイタリアを中心にしてヨーロッパを十日ほど歩いてきたが、今日では、先進国といわれてきた西欧の街で、つぶさに日本の力の大きさを見ることができる。また西欧人の内面にも、彼らの西欧的合理主義の破れ目が見え始めて、日本の文化に救いの手がかりを求める動きが出ている。日本人にとっての国際化とは、もはや外国の文化を身につけることではない。むしろ、日本文化の特質を見極め、日本文化の主体性を世界に示すことでなければなるまい。そしてそのためには、ただ日本人による日本研究にたよるだけでなく、外から見た日本文化論との対話を欠かすことができない筈である。国際社会における真の主体性とは、相手の言い分を聞く寛容の上に立っての自己批判から生まれるのであり、そのためにも日本文化の逆輸入的な検討は不可欠なのである。

世界の中で日本の占める役割が大きくなり、日本への関心がこれまでになく良い意味で高まっているとき、まことに時宜を得た好著と感心して読んだ。

平成3年9月号

6　海外への俳句紹介

俳句が海外でHaikuと呼ばれて、各国語で作句が試みられている。これには、俳句を外国に紹介する先人の努力があってのこと。その仕事は十九世紀末から始まった。

その嚆矢は、お抱え外国人として来日した学者達であった。東大で独文学を教えたドイツ人のK・フローレンツ（一八六五―一九三九）の『東方の詩人の挨拶』（一八九四年）と『日本文学史』（一九〇六年）、東大で言語学を講じたイギリス人のB・H・チェンバレン（一八五〇―一九三五）の『芭蕉と日本の寸鉄詩』（一九〇二年）と『日本の詩歌』（一九一〇年）、東大で法学を教えたフランス人M・ルヴォン（一八六七―一九四七）の『日本文学選集』（一九一〇年）などが、俳諧や俳句を最初に海外に紹介する論文や研究書であった。

また、フランスの医学者のP・L・クーシュ（一八七九―一九五九）も、旅の途次に日本に立ち寄って俳諧に興味を持ち、帰国後に実作をして、句集『流れのままに』（一九〇五年）を発表、『俳諧―日本の抒情寸鉄詩』（一九〇六年）を書いた。殊にクーシュは実作者として俳人のグループを作り、俳句ブームを起こして大きな影響力を持った。

外国人の俳句に最も大きく寄与したのは、イギリス人R・H・ブライス（一八九八―一九六四）の『俳句』四巻（一九四九―五二年）であろう。彼は四高や学習院や東大などで英文学を講じる傍ら、鈴木大拙に傾倒、俳句を禅と結びつける理解を示した。

ほかにも、一高や五高でドイツ語を教えたドイツ人W・グンデルト（一八八〇―一九七一）の『日本文学』（一九二九年）や『東洋の抒情詩』（一九五二年）、日本に帰化したD・キーン（一九二二―）の『日本の文学』（一九五三年）ほか多くの著作翻訳、アメリカ人のH・ヘンダソン（一八八九―一九七四）の『俳句入門』（一九五八年）は記憶すべき書であるし、ドイツのH・ハミッチュ（一九〇九―九一）は研究者かつ実作者でもあった。

平成25年12月号

7　キーンさん

東北大学文学部が大正十一年に法文学部として発足してから、昨年で八十年になった。それを記念して昨年の秋にはいろいろと記念の行事が行われたが、その一つに記念シンポジウムがあり、講師の一人のドナルド・キーンさんの話をたいへん面白く聴いた。

キーンさんは現在コロンビア大学名誉教授だが、昭和五十三年に東北大学文学部で客員教授として研究教育に当たられた縁があって、東北大学に名誉博士の制度ができた折、その第一号の称号をキーンさんに贈った。ちょうど私が文学部長をしていた時にこの話が始まったこともあって、申請のための書類一切を私が書いた。特に詳細な業績調書を書くために、国文学の先生からも助言を貰いながら、内容の濃いたくさんの著作を読み、日本の文芸について多くを学ぶ機会を得た。私にはとても楽しい作業であった。

今回の記念シンポジウムの講演は、「東山文化と現代の日本」の題で、現代の日本人の心や生活の原点が東山文化にある、という主旨であった。

応仁の乱を引き起こした足利義政は、戦闘に無関心のうえ民衆にも無配慮で、政治的に全く無能な将軍であった。また、妻の日野富子と対立し、養子にした弟の義視とも不仲になり、家庭の私生活も破綻をきたした。公的にも私的にも失敗した評判の悪い義政であるが、東山山荘（銀閣）に移ってからの文化面における義政の功は、特筆に価する。

北山の金閣に較べて東山の銀閣は見劣りがするように思えるが、銀閣は現代人がその内部に入った際に異和感を覚えない。部屋に畳を敷きつめ、四角の柱を使い、障子を用いるようになったのは、この時代からなのである。生け花と茶の湯も、義政によって生活に取り入れられた。今日にまで至る日本人の生活の基本と美意識とは、東山文化によって作られた。将軍として失格の義政が、文化創造の面では最重要人物だ、という話であった。

平成15年1月号

8　荒木さん追悼

荒木忠男さんが亡くなられた。享年六十七。早すぎる死であった。俳句界が国際化しつつあるこの時に、俳句の国際交流に先鞭をつけた大事な人を失ったことは、日本の大きな損失である。また「きたごち」でも、帰国された荒木さんを迎えていよいよ本格的に同人として働いていただこうとしていた矢先のことで、無念この上もない。

荒木さんは会津の塩川の出身。東大教養学部フランス文化科を出て外務省に入り、すぐにドイツへ留学してマールブルクで博士号を取得。ヨーロッパを中心に外交官として活躍したあと、本省に戻った昭和四十七年から俳句を始められた。

昭和五十三年にユネスコ日本政府常駐代表としてパリ勤務になってからしばらく作句を中断したが、昭和六十二年に在フランクフルト日本総領事の折、たまたまフランクフルトで行った私の哲学の講演会を聞きにみえたのが縁で私との親交が始まり、折々に俳句の話が弾んで作句を再開、総領事公邸でドイツ人も混じえた句会を開くまでになった。

平成元年創刊の「きたごち」に海外から参加してくださり、以来今日に至るまで熱心に投句を続けられた。ケルンの日本文化会館長時代の平成二年に荒木さんが独力で企画実行したバートホンブルクの日独俳句交流の会は大成功を収めたが、その陰での荒木さんの働きは、のちに自ら「満身創痍」と語るほどの苦労の連続であった。だが、それを機に以後は毎年いろいろな形で日独および日伊の俳句交流を続け、平成八年ヴァチカン大使を最後に外務省を退くまで、国際俳句交流に果した荒木さんの功績は甚大なものとなった。

「きたごち」新年合同句会の講演を引き受けてくださりながら、体調が悪く今年は実現しないままに逝かれてしまった。「きたごち」たかんな句会の指導を心から楽しんでいた荒木さんゆえ、向こうの世界でも国際俳句交流の中心になっておられることであろう。

平成12年4月号

十六、連歌俳諧の歴史

1 連歌の起源

俳句は俳諧連歌の発句が独立したものであるから連歌に起源をもつわけだが、その連歌の起源についてはいくつかのことが言われているので、それを紹介する。

第一は順徳院の『八雲御抄（やくもみしよう）』（十三世紀前半）。この歌学書が「是レ連歌ノ根源也」と呼んだものは、『万葉集』巻八の尼と大伴家持の唱和による短歌一首である。「佐保河の水を塞（せ）き上げて植ゑし田を（尼作る）／苅る早飯（わさいひ）は独りなるべし（家持つぐ）」。これは上の句を尼（大伴坂上郎女）が詠み、下の句を家持がつけた短連歌であるが、実際に短連歌が試みられるようになるのは平安中期の『拾遺集』以降であり、『万葉集』には作例がこれ一つしかないので、歴史的にもこれを起源だと言い切るにはやや疑問が残る。

第二は二条良基の『菟玖波集（つくばしゆう）』（十四世紀中葉）。最初の連歌撰集であるこの書は、その題名が示すように、『古事記』と『日本書紀』にある倭建(やまとたける)の命(みこと)と火焼(ひたき)の翁との新治筑波(にひばりつくば)の唱和を、連歌の祖とする。「新治筑波を過ぎて幾夜か寝つる（倭建命）／日日(かが)なべて夜には九夜(ここのよ)日には十日(とをか)を（火焼翁）」。これは五七七という形の片歌(かたうた)（宮廷の公儀で用いた歌の一つ）を二人で唱和したもので、『古事記』の中に他にも例があり、これがやがて記紀万葉に見られる旋頭歌(せどうか)（五七七五七七の歌）を生むことになる。そして、この旋頭歌のもつ本来の片歌唱和の性格が、のちの短連歌を生む働きをした、と見ることができる。

第三は同じ二条良基の『筑波問答』（十四世紀後半）。この連歌論書では、記紀に見られるイザナギとイザナミの「汝が身は何如にか成れる／吾が身は成り成りて成り合はざるところ一処在り」の唱和にまで、連歌の起源を溯っているが、これは少し行き過ぎか。『千載集』序に由来して和歌を敷島の道と呼ぶのに対し、連歌を筑波の道と言うのは、『菟玖波集』の説によるもので、この辺を起源とするのが妥当と思うが、どうだろう。

平成15年7月号

2 短連歌

連歌は七五の調べにのせた二人の問答の唱和に起源をもつとしても、連歌の形式へと展開していく基礎は、平安時代の短連歌によって築かれた。短連歌は和歌の上の句（長句）と下の句（短句）を二人で詠み合うもので、当初は上の句に対し下の句で応じるものが一般であったが、やがて先に下の句を詠んでそれに上の句を付けることも行われた。

この時代の短連歌は『拾遺集』（九九六年）や『金葉集』（一一二七年）のほか、『散木集』『実方中将集』などの私家集にも散見されるが、概して遊戯的な性格が強く、縁語や掛詞などを組み入れて対句になるように仕立てられることが多かった。例えば、

奥山に船こぐ音の聞こゆるは　　躬　恒
熟れる木の実やうみわたるらん　　貫　之
『俊頼髄脳』

の場合は、「奥山」と「木の実」、「船」と「海」がそれぞれ縁語で対句をなしており、「うみわたる」が「熟み渡る」と「海渡る」の掛詞になっている。

この短連歌を新たな文芸形式と認識して積極的にこれを試みたのが、歌人として活躍していた源俊頼（一〇五五―一一二九）であった。彼は、勅撰和歌集の『金葉集』の編纂に当たって連歌の項を設け、これに十九連の短連歌を収めた。また、私家集の『散木集』と歌論書の『俊頼髄脳』にも、自作他作の連歌を数多く集めている。

そして、短連歌において下の句が先に詠まれてこれに上の句で応えることが行われるにつれ、その上の句にまた別の下の句を付けるという三句続きの詠み方が登場し、やがて次第にその句を増やして、十二世紀の半ばごろまでには、鎖連歌と称される形式が作られていった。『袋草紙』（一一五七年）には鎖連歌の発句は五七五の長句から起こすことが述べられており、この鎖連歌の発句が、われわれの俳句の始まりということになる。

平成16年7月号

3　賦物

平安時代後期に形成された鎖連歌は、その句数に特に定めがあったわけではなく、三十句であったり五十句続けられたり、時には百句を越えて詠み継がれたりしていたが、十三世紀の前半ごろから百句まで詠んで終えることが一般化し、鎌倉時代後期にいたって百韻に定着することで、長連歌としての一定の形式が整うこととなった。

鎖連歌が百韻の長連歌へと収斂していくこの過程で大きな働きをしたのが、賦物（ふしもの）と呼ばれる遊戯性や競技性を助長する制作上の条件であった。これは、あらかじめ連歌に詠み込むように決めておく言葉や名称のことで、巧みに詠み込むことを競ったのである。この賦物には、物名（もののな）や冠字（かむりじ）が代表的なものとして挙げられる。

物名とは、例えば源氏国名といって、五七五に『源氏物語』の巻の名を入れ、七七には日本の諸国の名を入れる、という条件のもとで連歌を作っていくように、ある課題の語を交互に詠み込んでいくものである。魚鳥名といえば魚の名と鳥の名を、草木名といえば草の名と木の名を、それぞれ交互に入れながら連歌作りを行うことである。

また冠字とは、いろはにほへと…を各句の頭に置いて作るいろは連歌のように、つながりのある言葉の文字を冠して連歌を楽しむものである。名号連歌といえば、例えば南無観世音菩薩のような、神仏の名号の各字を冠して作っていくものであり、法文連歌といって経典の中の句や偈(げ)を各句の冠字に用いたものもある。

賦物には他にも、上賦(うわぶし)、下賦(したぶし)、一字露顕(ろけん)、二字反音(へんおん)など、遊び競うためのいろいろな課題の出し方があり、これが複数の人々の参加する連歌を面白いものに仕立てて、連歌という日本独自の文化を形成する一助となった。そして、やがて連歌制作の条件として、さらに式目(しきもく)と呼ばれる禁制や作法の規定が作られ、鎌倉後期の長連歌が整うこととなった。

平成16年12月号

4 地下連歌

鎌倉時代の初期に後鳥羽院が主催して行われた連歌に有心無心連歌がある。当時、和歌の情趣の優雅な連歌を作る有心衆（柿本衆）に対して、卑俗で滑稽な連歌を作る非歌人の無心衆（栗本衆）が現れ、後鳥羽院は両者を同席させて対抗で勝負を競わせたのである。無心衆の作る無心連歌は、遊戯的な性格を有していた平安時代の短連歌の機知的特性を継ぐものといわれ、また、のちの俳諧の連歌の精神につながるものでもあった。

しかし、有心無心連歌は長続きせず、鎌倉時代から室町時代にかけて式目が整っていくと、次第に有心連歌が連歌の主流となった。そして、この有心連歌は、天皇や上皇のもとで興行される宮廷中心の堂上連歌としてばかりでなく、民間市井の人びとの行う地下連歌としても盛んになった。この地下（庶民）の連歌は、鎌倉中期以降に花鎮めの行事として寺社の枝垂桜の下で行われた花下(はなのもと)連歌によって育成助長されたもので、ここから連歌を専門の職業とする連歌師も生まれ、庶民の自由な活力が連歌に発揮されることになったが、それにともなって、地下連歌は寺社の行う花下連歌の枠を超えて発展していった。

花下連歌の連歌師として鎌倉末期の地下連歌の隆盛に貢献したのは善阿(ぜんな)である。彼は式目の形成に力をかしたともいわれ、救済(きゅうぜい)・順覚・信昭・良阿・十仏(じゅうぶつ)など多くの弟子を育てた。弟子の中では救済が後世への影響の最も大きい連歌師で、彼は地下連歌の風体に堂上連歌のみやびの傾向を持ち込み、地下連歌を公家や武士にも親しめるものに高めた。

そして、地下連歌を優れた文芸へと仕上げたのが、二条良基であった。良基は五摂家の一つに生まれ、南北朝の動乱の中で足利尊氏の庇護を受けて摂政関白になるが、和歌の道に力を注ぐとともに、救済を師として連歌に傾倒し、救済と共編の最初の連歌撰集『菟玖(つく)波(ば)集』を上木、式目の統一をはかる『連歌新式』を制定、連歌を文芸として完成させた。

平成17年5月号

5　宗祇

堂上の出の良基が地下の救済と手を組んで完成させた有心の地下連歌は、具象性と抒情性とを兼ね備え、適度な芸術性をもつものであった。しかし、その後に出た救済の弟子の周阿が新奇な趣向と華美な修辞に走って、救済と対立し、地下連歌の混迷期に入った。

十五世紀になって、言葉の技巧で機知を生かす宗砌（そうぜい）や、逆に晦渋を嫌い素直な表現に傾く智蘊（ちうん）が出たのも、この風潮からであったが、この時期に特異な感性を発揮したのが『ささめごと』で知られる心敬であった。彼は和歌の理念と仏教の精神を連歌に持ち込み、幽玄の風体を目指したが、兼載が弟子となったほかには影響力の少ない孤高の人であった。

そして、十五世紀の後半に登場したのが宗祇である。彼の生国は定かでなく出自にも諸説があるが、ごく卑賤の庶民であったことは間違いない。若くして京に上り相国寺の僧坊で修業生活を送った後、三十歳の頃に連歌の世界に転身、激しい連歌修練を経て、宗砌に師事し、心敬の指導も受けた。また、和歌や歌学を学び古典や神道の教養を身につけ、寛正五年（一四六四）張行の『熊野千句』に参加してからは多くの連歌会に出座、連歌の世界に地歩を固めていった。その間に二度にわたり関東へ下向、白河の関まで訪ねた。

文明六年（一四七四）頃から足利将軍家と関係ができて、各地の大名からの招きも多くなり、越後、越前、筑紫、周防など各地を歴訪したり、また京都では皇族や公家衆に『古今集』『源氏物語』『伊勢物語』などの講釈を行っている。長享二年（一四八八）には北野連歌会所奉行と将軍師範宗匠職に任じられて、連歌界の最高位に立った。明応四年（一四九五）には『新撰菟久波集』を編み、正風連歌の道を示した。

この集には宗祇の強い意志で俳諧連歌は一句も採られていないが、実はこの頃には、しばらく途絶えていた俳諧の無心連歌が台頭し始めてもいたのである。

平成17年10月号

6 守武と宗鑑

宗祇の頃には、和語で詠まれる正統の連歌に対し、敢えて漢字二字の熟語を詠み込んだ畳字(じょうじ)連歌が俳諧とみなされ、宗祇自身も『宗祇畳字百韻』を残してもいるが、内容は必ずしもはっきりと滑稽に傾く無心連歌とまでは言いがたいものであった。

これに対して、十五世紀の末にもなると、連歌で狂句と呼ばれてきた滑稽を主とする無心連歌が復活し、言い捨ての狂句を集めた『竹馬狂吟集』(一四九九年)が初の俳諧撰集として編まれた。そして、十六世紀を迎えて、荒木田守武と山崎宗鑑により、俳諧を文芸の正面に持ち出そうとする動きが生じ、従前の連歌に替わる俳諧主流の道が開けた。

荒木田守武は、伊勢神宮内宮の神官で、六十九歳にして一禰宜長官という高位にまで就いた人である。十代半ばから連歌に親しみ、宗祇の指導も受け、二十三歳にして『新撰菟玖波集』にも入集している。兼載ほか当時の名のある連歌師と交際があり、勝れた連歌作家であったが、天文九年（一五四〇）に完成をみた俳諧の独吟『守武千句』によって、俳諧のもつ文芸的価値を積極的に打ち出すこととなった。その発句は〈飛梅やかろがろしくも神の春〉で、道真を追って都から大宰府へ軽々と飛んだ飛梅の「軽」の縁語の「紙」に「神」を掛けて詠んだもの。まさに戯けの愉悦を楽しむ俳諧の句である。

守武と並んでもう一人の俳諧の祖と言われるのが、山崎宗鑑である。宗鑑の場合は、生没年や経歴などに諸説があり、現在のところ生涯のほとんどに確証がない。ただ、自筆の書が多く残っており、宗鑑流と呼ばれるほど能筆であった。彼が俳諧の祖と称されるのは『犬筑波集』の編者であることによる。これは『竹馬狂吟集』と同じ俳諧撰集で、その諸伝本の多くが巻頭に〈霞の衣裾はぬれけり／佐保姫の春立ちながらしとをして〉を挙げているように、卑俗さ奔放さに特徴がある。ただし、宗鑑自身の作品は余り多くはない。

平成18年4月号

7 貞門

室町時代に滑稽の無心連歌が俳諧の連歌と呼ばれて、一般の連歌から区別されるようになったが、江戸時代になると、俳諧というジャンルがはっきりと独立し、広く人びとの間に普及していく。その当初の主導者が、貞門を開いた松永貞徳（ていとく）であった。

貞徳は京都の人。父は永種（えいしゅ）という連歌師であった。和歌をよくし、歌学や古典に通じ、連歌は紹巴（じょうは）に習っている。三十歳を過ぎてからは特に庶民教育に熱意を傾け、それがもとで俳諧に興味をもつようになった。寛永五年（一六二八）に式目歌十首を作って俳諧式目の構築に手を染め、後にこれを『俳諧御傘（ごさん）』（一六五一年）として完成させた。

ことに、貞徳の俳論書『新増犬筑波集』（一六四三年）は俳諧の特徴を俳言（はいごん）（和歌や連歌には用いられない俗語や漢語の類）の使用に認め、俳言を用いた言葉遊びのおかしさに俳風を求める貞門の隆盛を導いた。例えば、〈霞さへまだらにたつやとらの年　貞徳〉の句は、「まだら」と「虎」とが縁語で、「立つ」に「霞立つ」と「年立つ」とが掛けられているが、付合の場合も言葉の縁を重んじて展開していくのが、貞門の特徴である。

貞門俳人には、野々口立圃、松江重頼、山本西武、鶏冠井令徳、安原貞室、北村季吟、高瀬梅盛らがおり、特に右の七人を貞門七俳仙と呼ぶ。重頼は近世俳諧の端を開くことになった『犬子集』（一六三三年）を編み、貞門の発展に寄与したが、やがて師の貞徳のもとを去って貞門批判の談林一派に近づく。立圃は『犬子集』の編纂に際して重頼と不和になり、貞門を離れて立圃流を開く。西武、令徳、貞室は、貞徳の信頼が厚く、貞徳の意により、それぞれ『鷹筑波集』（一六四二年）『崑山集』（一六五一年）『玉海集』（一六五六年）を編んだ。梅盛は貞門の古風を守り通して多くの門人を育て、季吟も宗匠として独立した後も貞門の俳人として活躍、芭蕉がこの季吟門から出たことはよく知られる。

平成18年9月号

8 談林

談林（檀林）とは僧の教育所の意であるが、江戸の田代松意一派がこの語を使って延宝元年（一六七三）に「俳諧談林」を名乗った。そして、同三年に大坂から下向していた西山宗因の〈されば爰に談林の木あり梅の花〉を発句に『談林十百韻』を編んで以来、貞門に対抗する宗因風の滑稽味のある軽妙な俳諧を談林の名で呼ぶこととなった。

宗因は肥後熊本の生まれ。八代城主に仕えて連歌を学び、上洛して里村昌琢につく。ここで松江重頼（維舟）の知遇を得た。やがて浪人となった宗因は連歌師として独立、大坂天満宮の連歌所宗匠となって名声を高めるに到る。万治年間（一六五八―六一）に、すでに貞門の俳諧師として名を挙げていた重頼と改めて親交を結んで俳諧に志し、重頼の貞門からの破門をきっかけに反貞門の俳風を起こして、談林の端緒を開いた。〈花むしろ一見せばやと存じ候〉の句のように、軽い戯けた句が談林の骨頂だが、この句にも見られる謡曲の口調を取り込んだものが多いことも、宗因の句の特徴である。ただし、宗因は晩年になると、自らが育てた門下の人びとの自由な無秩序ぶりについて行けなくなり、連歌の世界に戻ることになって、談林俳諧の衰退をさそった。

宗因門から出た談林の代表者には井原西鶴がいる。大坂に生まれた西鶴は若くして貞門の俳諧に親しみ、やがて宗因の新風に強くひかれ、寛文十三年（延宝元年・一六七三）に大坂の若い同調者百六十人を集めて十二日間にわたる万句興行を開き、『生玉万句』を刊行した。これが、江戸の松意に呼応する大坂の談林俳諧の立ち上げともなった。西鶴はその後『独吟一日千句』や一日四千句の『西鶴大矢数』を刊行、貞享元年（一六八四）には一日二万三千五百句を作るなど、速吟ぶりを発揮した。しかし、浮世草子の作家に転じた晩年になると、句風は談林調を捨てて連歌調のおだやかなものになった。

平成19年2月号

9 大淀三千風

仙台木の下の陸奥国分寺跡の薬師堂境内に「東往居士三千風翁之塚」と書かれた碑がある。場所は、薬師堂の西側の敷地に建つ准胝観音堂の前で、大きな芭蕉句碑と並んでいるので探し易い。この碑は、享保七年（一七二二）に松枝朱角が中心になって建立した大淀三千風（みちかぜ）の追善碑である。東往居士は三千風の別号である。

大淀三千風は伊勢の商家の生まれで、『俳家奇人談』（一八一六年）に「十五歳にして俳諧を善くす。性敏にして師をとらず」とあるように、独力で談林調の句風を開拓した。寛文九年（一六六九）、三十一歳の時、仏門に入ると同時に俳諧師を志し、仙台に来て、松島の雄島や仙台の亀岡に庵を開いた。そして、十五年間をこの地に過ごし、仙台に俳諧の種を播いて、多くの門弟を育てた。芭蕉が仙台で世話になった画工加右衛門なる北野加之も三千風の高弟であった。三千風は、いわば、仙台の俳句の開祖となったのである。

仙台在住の間の延宝七年（一六七九）に、梅睡庵と名づける自庵で矢数俳諧に挑み、ひと晩に二千八百句を独吟して、これに二百句を加えた三千句の『仙台大矢数』を刊行、三千風を称することになったという。また、天和二年（一六八二）には松島や塩釜に関する詩と歌と句を集めて『松島眺望集』を編み、景勝の歌枕の地の松島を詳細に紹介した。この書が、芭蕉をはじめ当時の多くの人々に松島への憧憬を誘った。

天和三年（一六八三）に三千風は仙台を去って全国行脚の旅に出る。そして、元禄二年（一六八九）までの七年間、各地を巡って諸国の俳人と交流し、その間の紀行を『日本行脚文集』にまとめている。元禄八年（一六九五）には大磯の西行遺跡の鴫立沢に秋暮亭を構え、ここに西行像を祀る西行堂や虎御前像を収める法虎堂を建てた。この秋暮亭は、のちに再興され、鴫立庵と称して代々庵主が続き、現在の庵主は鍵和田柚子である。

平成15年8月号

10　脱貞門談林

言葉遊びの貞門俳諧や卑俗趣味の談林俳諧の横行する中で、その風潮に飽き足らなさを覚えて新たな詩情を求める人びとが各地に現われた。伊藤信徳、山口素堂、池西言水、小西来山、椎本才麿、上島鬼貫らである。芭蕉が貞門談林を抜けて閑寂を重んじる蕉風を確立することになるが、平行して同じような新しい動きをしていた人もいたのである。

素堂は芭蕉の友人で芭蕉と相互に影響が認められるし、信徳、言水、才麿の三人は上方から江戸へ出向いて実際に芭蕉と接触を持った人達であったが、特に来山と鬼貫とは上方を離れず、芭蕉との直接の関わりもないままに、談林調を脱けた句を作り始めていた。

来山は芭蕉より十歳年下。大坂生まれで大坂から外へ出ていない。七歳から宗因門下の前川由平に俳諧を学び、のちに宗因の直弟子となって十八歳にして宗匠の許認を得たという。幼時に父を亡くし、五十歳を過ぎて結婚したが、妻と子とに死なれ、再婚して得た子にも先立たれた薄幸の人である。〈春風や堤ごしなる牛の声〉や〈水ふんで草で足ふく夏野哉〉など、談林には見られない真実味のある平明な句を作っている。

鬼貫は来山より更に七歳若い。伊丹に生まれ、十三歳で貞門の松江維舟に師事、十六歳の時から宗因について談林句を学ぶ。蕉風の確立に先立って、貞享二年（一六八五）二十四歳の折に「まことの外（ほか）に俳諧なし」と思い至り、飾りや巧みや空（そら）ごとを排して、すなおなおのずからのまことの道を求め、幽玄の句を理想とした。〈行水の捨てどころなしむしのこゑ〉〈曙や麦の葉末の春の霜〉〈壁一つ雨をへだてつ花あやめ〉などの句がある。早くから確立していたその独自の詠法は、伊丹風と称されていた。

最近、『鬼貫句選・独ごと』（復本一郎校注）が岩波文庫に入った。『独ごと』は鬼貫の気息の伝わる俳論である。読み易いので一読をすすめる。

平成22年11月号

11　芭蕉の生地

芭蕉の出生地については、伊賀の柘植説と伊賀の上野説の二つがあり、いずれかに決める確証がない。従前は梨一の『奥細道菅菰抄』（一七七八年）や竹二坊の『ばせを翁正伝』（一七九八年）に従って芭蕉は柘植の生まれと考えられてきたが、竹人の『蕉翁全伝』（一七六二年）が知られるに及び、伊賀上野が有力視されるにいたった。芭蕉自身の書いたものに出てくる故郷が上野赤坂の兄の家を指しているのを理由に、上野説をとる人が多いが、当時の芭蕉の実家が上野にあるからといって、生まれがその家であることにはならない。

この夏、柘植に出かけることがあって、柘植の芭蕉生家跡なる場所を見てきたが、小さな空地に小さな碑が建ててあるだけで、大袈裟なことをしていない点に好感を持った。周囲に松尾姓の家が何軒かあってそれらしく思われもするのだが、実際にはどれほどの根拠があってその場所を生家跡と特定したのか、やはり疑念は残らざるを得なかった。

上野赤坂町には、明治にいたるまで松尾家の子孫が住んでいた家が残っており、その家が芭蕉の当時のものではないにせよ、奥行の長いこの家が、芭蕉の意識にある故郷の実家の跡であることは間違いあるまい。だいぶ前にここを訪れたことがあるが、芭蕉がそこに住んでいた時のままであるかのように設えてあることに、戸迷いを抱いた覚えがある。

芭蕉の祖先の松尾氏が柘植に住みついて、芭蕉の父の松尾与左衛門が柘植の出身であることは、定説となっている。問題は、与左衛門がいつ柘植から上野へ移ったかである。つまり、芭蕉の生まれた正保元年（一六四四）に、芭蕉の両親が柘植にいたのか上野に転居していたのかである。井本農一『芭蕉―その人生と芸術』（講談社現代新書）には、「芭蕉は柘植で生まれ、幼少の時に父に連れられて上野に出たのではあるまいか」とあるが、私も、生地を柘植、故郷を上野と考えるその辺りが妥当かと、根拠なしに思っている。

平成15年10月号

12　芭蕉の立机

芭蕉は松尾家の次男として生まれ、幼名を金作といった。十代の末ごろに藤堂藩の侍大将藤堂新七郎の嫡子の主計(かずえ)良忠に出仕、良忠（蟬吟）と共に貞門の北村季吟を師として俳諧を学んだ。出仕以前にすでに芭蕉（宗房）は俳諧の道に入っていたので良忠の俳諧の相手役として召し抱えられた、との説もある。藤堂家での役職は台所用人であった。

現在知られる芭蕉の最も古い句は年内立春を詠んだ〈春やこし年は行(ゆき)けん小晦日(こつごもり)〉で、伊勢物語の「君や来し我や行きけん…」を踏まえた十九歳の折の作。俳書に初入集の句は〈月ぞしるべこなたへ入(いら)せ旅の宿〉で、謡曲の「奥は鞍馬の山道の花ぞしるべなる、此方へ入らせ給へや」をもじったもの。いずれも言葉遊びの貞門風の句である。

寛文十二年（一六七二）一月に、芭蕉（宗房）は、発句三十番の句合せとその判詞とから成る処女作『貝おほひ』を伊賀上野の天満宮に奉納し、その春の内にこの稿本を手に、江戸で俳諧師として立つことを志して東下した。ただし、東下の時期は季吟から俳諧秘伝書『埋木』を伝授された後の延宝三年（一六七四）春との説が近頃は有力である。

江戸に出た芭蕉は、日本橋大舟町の町名主の俳人小沢卜尺（ぼくせき）の許に世話になった。当時の江戸俳諧はすでに貞門派の勢力が衰え、それに替わる新風の模索の時期であった。大坂では西山宗因の動きが顕著で、江戸でもこれに倣う風潮が生まれ、芭蕉も号を宗房から桃青に改めて軽妙滑稽を旨とする談林俳諧に転じた。高野幽山の執筆（しゅひつ）を勤めた縁で、宗因を江戸に迎えた際には、幽山と一緒に宗因の俳席に連なり百韻興行に加わっている。

延宝四年夏には一時帰郷をしたが、すぐに江戸に戻り、翌年乃至翌々年に宗匠として立机するに至る。〈あら何ともなやきのふは過（すぎ）て河豚汁（ふくと）〉のような談林調のおかしみの句を作っていた時期だが、すでに其角や杉風らの弟子を擁し江戸俳壇に地歩を固めていた。

平成24年12月号

13　深川芭蕉庵

江戸へ下り談林俳諧の宗匠として身を立てることに成功した芭蕉が、安定した生活を敢えて捨てて、日本橋から川向こうの深川へと移ったのは、延宝八年（一六八〇）の冬のこと、芭蕉三十七歳の折であった。富裕栄達を好まず自然と人間の実相を摑もうとした芭蕉の深川隠棲には、世俗の名利を離れて万物斉同に即くことを教える荘子の影響があったといわれる。それが、俳諧においても、軽妙新奇にのみ傾く談林風を越えて、当時の新風の漢詩文調を取り込みつつ、蕉風開発につながる侘や寂の風趣の展開となった。

深川の庵は、小名木川が隅田川へ注ぐ辺りの、現在の万年橋の付近にあり、魚商を営む門弟第一号の杉山杉風の生簀の番小屋を改造したものと伝えられる。庵は、杜甫の詩句に拠り泊船堂と呼ばれた。隅田川に浮かぶ船の櫓の音を聞く場所に居を定めた、の意で、現在の芭蕉稲荷社のある所がその跡といわれるが、ほぼその近辺であることに間違いない。芭蕉は入庵間もなく近くの臨川寺に仏頂和尚を訪ね、参禅したという。

翌延宝九年に、門人の李下（姓不詳）が庭に芭蕉を植えて呉れたので、庵は芭蕉庵と呼ばれ、やがて庵名にちなんで、当時は桃青を名乗っていた号を芭蕉に変えるに至った。書物に芭蕉の号が出るのは、その翌年の天和二年（一六八二）の『武蔵曲（むさしぶり）』からである。

この天和二年の十二月二十八日に、駒込の大円寺から出火した大火で、芭蕉庵が類焼、芭蕉は甲州谷村の秋元藩の家老高山麋塒（びじ）の元に移り、約半年を現在の都留市に過ごした。翌年の五月には江戸に戻り、宝井其角編『虚栗（みなしぐり）』に跋を書いて、蕉風の特質を提示する。そして、その冬に親友の山口素堂と門人らの協力で、前と同じ場所に芭蕉庵が再建されたが、その後は芭蕉の旅の生活が始まり、芭蕉庵は主不在の機会が多くなった。

八月のきたごち一泊吟行会では、今年はこの深川芭蕉庵の旧跡を訪ねる。

平成24年6月号

14　芭蕉と旅

芭蕉は生涯の間に幾度も自らの俳風を変えている。そして、その転変の節々にいつも何らかの旅が関わっていたと言える。

貞門（言語遊戯）に始まった芭蕉の俳風は、故郷を離れた江戸出府を機に、談林（奔放奇抜）へと転じ、次いで宗匠稼業を離れた深川隠棲と共に、漢詩調（破調重厚）に移り、やがて本格的な旅を体験する野ざらし紀行の旅を節目に、蕉風形成（風流自足）期を迎える。そしてこの蕉風は、不易流行を着想する奥の細道の旅を転機に、さらに蕉風確立（新風開拓）期へと深まり、軽みの提唱を背景にした最後の旅では、蕉風展開（軽み実践）期へと進展していった。

旅の本領は脱日常性にある。日常性とは、平穏安泰な同じ毎日の繰返しの在り方のことだが、旅はこれとは逆に、何が生じるやも知れない場へと不断に身を晒すこと、予想を超えた新しい事態に直面し続けることである。その意味で、故郷という日常を離れての不案内な江戸での当初の生活は一種の旅であったし、また談林宗匠として築き上げた安泰な日常を捨てて不便な深川の地へ隠棲したのも一種の精神的な旅であったと言える。

しかし江戸出府にしても深川隠棲にしても、本物の旅ではない。隠棲（市隠乞食）という擬態の旅から、真の逆旅（漂泊乞食）へと身を置き換えることになったのが、野ざらし紀行の旅であり、芭蕉はいよいよここから本物の芭蕉になるのである。

脱日常的な一所不住の旅は、たえず新たな世界に遭遇することを通して、自己の在り方そのものを革新していく。異他的なものとの出会いの新鮮な驚きが、新しい俳風の開発を促して止まない。しかも、芭蕉の場合には、具体的な旅を契機に変転していく芸術活動の人生そのものが、新しみを追って止まない俳風の流転という旅だったのである。

平成6年7月号

15 軽み

芭蕉の生涯は常に新しい俳諧理念の開拓であったといえる。北村季吟の影響下に貞門の言葉遊びの俳風から始まった芭蕉の句は、江戸に出て談林の軽妙滑稽な作風に転じ、深川に隠棲するに及んで談林の中に生じた漢詩調の生硬な傾向に同調した。そして『野ざらし紀行』の旅を契機に、芭蕉独自の世界としての蕉風を形成するに到った、といわれる。

さらに、蕉風というも決して固定したものではなく、『おくのほそ道』の旅を転機に、ただに閑寂幽玄にとどまるのではなく、不易の芸術精神は流行の新風開拓によってなされるという前進姿勢で閑寂性を捉える方向に歩みだした。そしてその当面の帰結が、最晩年の境地といわれる「軽み」だったのである。もちろん芭蕉の生涯がもっと続いていれば、軽みを超えてまだまだ新たな展開が見られたことであろう。

さて、その「軽み」とは何か。実は研究者の間にも定説といえるものはないようで、俳諧の基本姿勢というよりは、前句に付句を付ける連句の付合（つけあい）の技術の軽妙さのことだ、とする説も強い。しかし、一般には芸境や理念を表すものと考え、軽みが蕉風の閑寂の理念を超えた新たな芸境なのか、あくまでも閑寂の理念に内包されたものなのか、という議論があるやに聞く。私は後者の閑寂を生かすための新たな理念と考えたい。

そう考えた上で、それでは「軽み」とは何か。閑寂枯淡に替わる軽妙滑稽の立場では無論ない。それでは蕉風を捨てて談林に戻ってしまうことになる。分かり易くいえば、無為ということであろう。「わび、さび、しをり」といった閑寂の境地を作為を働かせて表現するのではなく、そのまま技巧なしに平明に句にすることである。私意の介入を止め、対象の語りくるところを素直に記述する態度である。芭蕉が「松のことは松に習へ…」と語った没小主観の精神である。閑寂は平明においてこそ生きる、というわけである。

平成19年8月号

16　芭蕉と西行

沢木欣一編『奥の細道を歩く』（東京新聞出版局）の中にも紹介されているように、石巻の日和山山頂の一角に寛延元年（一七四八）建立の古い芭蕉句碑がある。碑の句は〈雲折々人をやすむる月見かな〉であるが、実はこの句は、意水宛の手紙で芭蕉自身が語ってもいる通り、西行の『山家集』に収められている〈なかなかにときどき雲のかかるこそ月をもてなす限りなりけれ〉の歌を踏まえたものである。

この句に限らず、芭蕉の文芸活動には、いたるところで西行への思いが反映していることは、しばしば指摘されている。芭蕉が「西行」という語を直接書き残している箇所だけでも、芭蕉全集の索引によれば、五十七にも及んでいる。そのほか、前記の句のように西行を踏まえていると思われるものは、枚挙にいとまがない。例えば、有名な句であれば、

〈白菊の目にたてて見る塵もなし〉は、西行の〈曇りなき鏡の上にゐる塵を目にたてて見る世と思はばや〉を、〈木のもとに汁も膾も桜かな〉は、西行の〈木のもとに旅寝をすれば吉野山花の衾を着する春風〉を、それぞれ下敷きにしている。

殊にわれわれに親しい『おくのほそ道』に限ってみても、そもそもこの書自体が西行を追憶しての紀行文と称することができるほど、随所に西行への思いが籠められている。旅に出た元禄二年が西行五百年忌に当たるのを意識してのことであるし、『西行物語』に書かれた西行のみちのく放浪が美濃を旅の終りにしているのに合わせて、芭蕉の旅も大垣が結びの地になり、その上西行ゆかりの伊勢へ向かうことが明示されている。本文の中では、遊行柳、白河関、須賀川、実方塚、宮城野、壺の碑などが西行との深い関わりを示しており、特に平泉と象潟、また吉崎と色の浜は、西行追慕の濃い場所である。

芭蕉に思いを寄せるのであれば、是非とも西行理解の追体験を共有する必要がある。

平成8年8月号

17 芭蕉終焉地

集中講義の依頼を受けて大阪へ出かけた。それを機に芭蕉終焉地の南御堂の芭蕉碑と蕪村生誕地の毛馬堤の蕪村碑とを見たいと思ったが、蕪村碑のある毛馬までは行く時間がなく残念であった。御堂筋では分離帯の草地に立つ芭蕉終焉地の小さな石柱も見付け、東本願寺難波別院（南御堂）内にある芭蕉の辞世句碑と併せて見ることができた。

芭蕉は元禄七年九月九日に故郷から奈良を経て大坂（大阪）に入った。当時の大坂の蕉門内に之道と洒堂の確執があり、芭蕉はその仲介のために大坂入りをした。最初はしばらく洒堂の家に滞在し、のちに之道宅へ移った。そして九月二十九日の夜に激しい下痢と腹痛に襲われ、病状の悪化にともなって十月五日には南御堂前の花屋仁左衛門宅の裏の貸座敷に移された。病勢の進展は明白となり、門人達へ急が報じられ、次々と人が集まり始める中で、八日の真夜中に隣室にひかえる呑舟を呼んで書き取らせた句が〈旅に病んで夢は枯野をかけ廻(めぐ)る〉であった。それから四日後の十月十二日の申(さる)の刻(午後四時)に芭蕉は息をひきとった。享年五十一。遺言により直ちに近江の義仲寺に埋葬された。

南御堂の山水の庭に建つ句碑には、右の枯野の句が彫られている。芭蕉の辞世句といわれるこの句は、あくまでも病中吟であって辞世ではない、というむきもある。旅の途次での病床で見る夢も山野を跋渉する旅の夢だというのだから、読み方によっては辞世であるよりは人生という旅への執着の激しさを窺うことができる。いくつも紀行文を残し、「残生いまだ漂泊やまず」といって無所住の旅に創作の場を求めた芭蕉にとっては、旅に病んでなお旅を思うことが、この世との決別の総括の辞だったのかもしれない。

車の流れの止むことのない大阪御堂筋の芭蕉終焉の地に立って、『おくのほそ道』の冒頭の一節の「古人も多く旅に死せるあり」の言葉を、改めて重く思い起こした。

平成18年6月号

18 蕉風分裂

芭蕉が各地を旅して歩くにつれ、蕉風俳諧が随所に広まる。其角、嵐雪、杉風らの江戸蕉門、去来、丈草、凡兆らの京都蕉門のほか、許六、尚白の近江蕉門、露川、越人の尾張蕉門、惟然、支考の美濃蕉門、涼菟（りょうと）、乙由（おつゆう）の伊勢蕉門などがその代表である。

芭蕉の生前は折々に芭蕉を囲む機会もあり、それぞれに蕉風精神を宿して活動していたが、芭蕉の死後は、各地の事情もあり、また個々の弟子の蕉風受容の理解の違いもあり、蕉風は分裂状態に陥って、地方ごとに独自の動きが生じることとなった。

江戸蕉門では、芭蕉の生前から対立の生じていた嵐雪と杉風が師の他界を境に共に俳諧から遠ざかり、其角が独り活躍することとなったが、彼は都会風の機智新奇を好み、洒脱や奇抜に走って、やがて談林調の技巧的な俗風に流れた。江戸の武家や富商に迎えられたこの其角の江戸気質の都会趣味は、洒落風と呼ばれ、沾徳らに引き継がれて、次第に江戸座と呼ばれる点取俳諧の宗匠の組織を生む素地を作るに至った。

京都蕉門では、凡兆が罪を得て入獄し、丈草が近江湖南に移ったため、人格高邁にして衆望の厚い去来のみが蕉風を守ったが、旧伝統勢力の強い京の地では、蕉門は力を伸ばすことができなかった。近江蕉門は、湖南の尚白が師との確執から蕉門を離れ、湖東の許六は晩年病床にあり、湖南湖東共に力を発揮できずに終わった。尾張蕉門では、越人が蕉門から一時離れ、露川が美濃の支考と対立、復帰した越人も露川と不和、派は崩れた。

これに対し美濃と伊勢の蕉門は、それぞれ美濃派、伊勢派と呼ばれる強い組織を作りあげ、後代まで栄えた。美濃では特に諸国行脚に努めた支考の活躍が顕著であり、伊勢では伊勢神職の涼菟が行脚により自派を広め、共に勢力が各地に及んだが、どちらも平明な句風が軽薄卑俗に流れ、芭蕉晩年の高尚な平明の文芸性が失われて俗化を招いた。

平成19年12月号

19　享保俳諧

享保年間（一七一六―三六）を中心とする時代の俳諧を享保俳諧と呼ぶ。この時期はほぼ都会俳諧と田舎俳諧とに二分して理解することができる。

都会俳諧とは、宝井其角の流れを汲む江戸の洒落風の水間沾徳、譬喩俳諧の貴志沾洲、化鳥風の立羽不角らを中心とするもので、新奇を好み遊戯化を招いて、江戸座と呼ばれる点取俳諧を助長することになった。田舎俳諧には、各務支考、仙石盧元坊の美濃派と、岩田涼菟、中川乙由の伊勢派とがあり、いずれも平易な俳風を求めたが低俗化した。

この時期、江戸で都会俳諧に学んで洒落風を故郷の大阪に伝えた人に松木淡々がいる。晩年の芭蕉にも接した人で、享保期の上方俳壇の重鎮となった。商家の出で商才に長けていたため点料で豪奢な生活を送り、「俳諧史上でも屈指の俗物」とまでいわれる。

これに対し、同じころの田舎俳諧の出の加賀の千代女は才女であった。幼少のころから俳諧を学び、十七歳の時に支考の訪問を受けて支考に名人と呼ばれ有名になった。廬元坊が訪ねてきたり、乙由のところへ出向いたりして、美濃伊勢両派と交流があった。

都会俳諧の遊戯化と田舎俳諧の平俗化とのこの動向の中で、江戸座の点取俳諧を批判して、後の蕉風復興の緒を開くこととなったものに、佐久間柳居ほか編の『五色墨』の刊行がある。俳諧は点にこだわるべきではないとの序文を掲げ、中川宗瑞、松本珪琳、大場蓼(りょう)和(わ)、長谷川馬光、佐久間柳居の五人が、相互に判者となった四吟歌仙五巻を収め、他人の発句による六吟歌仙一巻を加えたものである。特に、当時の点取俳諧が、高点取りのために前もって考えてあった孕(はらみ)句(く)の横行を招いていることに言及し、俳諧の即興性を強調した芭蕉の精神を大切にする結果となった。また、この書が当時流行の見立てを重視する譬喩俳諧に対する批判の書とみなされ、『続五色墨』も出て新風の道を開くこととなった。

平成20年4月号

20　中興俳諧

享保期以降、都会でも地方でも俗化の進む俳諧の世界に、芸術性の高い芭蕉の作風を慕う動きが生じる。中興俳諧と呼ばれることになる蕉風復興の流れである。

伊勢派の中から蕉風志向に出た者に金沢の堀麦水（ばくすい）と高桑闌更（らんこう）がいる。麦水の『二十五ヶ条註解』（明和六年）には芭蕉の初期の虚栗（みなしぐり）調（漢詩文調）に従う傾向が認められ、闌更の『有の儘（ありのまま）』（明和六年）には芭蕉後期の平淡な句境に範を求める態度が見られる。

伊勢の三浦樗良（ちょら）も伊勢派を超えて芭蕉に傾倒したが、江戸にいて『五色墨』の一人の柳居の流れにあった加舎白雄（かやしらお）は、しばしば信濃や京の芭蕉旧跡を巡り、蕉風復古の志を固めて『かざりなし』（明和八年）を刊行、私意を離れて飾りを排する芭蕉晩年の自然体の句風を説いた。信濃に生まれ江戸で活躍した大島蓼太（りょうた）も、江戸座の点取俳諧を批判、芭蕉晩年の句柄に心を寄せて芭蕉に関する著書を幾つも残した。

このような「芭蕉に帰れ」の動きが各地に高まる中で、闌更、白雄、蓼太とともに中興五傑に数えられて大きな影響力をもった人物に、加藤暁台（きょうたい）と与謝蕪村がいる。

尾張の出の暁台は、伊勢派と美濃派の影響下にあったが、芭蕉が漢詩文調を抜けて蕉風を確立したといわれる『冬の日』を高く評価して、芭蕉の未公開歌仙を加えた『秋の日』（明和五年）を版行、芭蕉復興の有力なさきがけとなった。奥の細道追慕の旅の記の『しおり萩』（明和七年）も有名。蕪村とも親交を結び、蕪村一派の新風宣言の書といわれる几董（きとう）編の『あけ烏』（安永二年）では、蕉風復帰の暁台が高く称揚されている。

蕪村は明治になって正岡子規の評価するところとなり、近代俳句に通じる優れた句を残している。早くから芭蕉を慕い、奥の細道を辿る旅もしている。明和三年に三菓社の句会に参加、芭蕉への傾倒を強めるが、ここにいた炭太祇（たんたいぎ）も中興俳諧の主要人である。

平成20年9月号

21　離俗論

俳諧の世界で離俗論といえば、蕪村の提唱した説を指す。蕪村を慕っていた黒柳召波が死んでその遺句集『春泥句集』が編まれた折に、その序の中で蕪村が説いた俳論が、離俗論と呼ばれる。俳諧は俗語を用いることで連歌と区別されるけれど、俗言を使い俗なるものを詠みながらも、風趣としては俗を離れることが大切だというのである。そしてそのための修練に、漢詩などの古典に触れ古典の精神を自得せよ、というのである。

蕪村は享保元年（一七一六）摂津国毛馬村に生まれ、二十歳前後に江戸に下り、夜半亭早野巴人（宗阿）に師事、初め宰町と号し後に宰鳥と改めた。巴人没後、北関東の結城近辺を十年ばかり遍歴、その間に芭蕉に倣って奥羽行脚に赴いたり、四明の画号で絵の腕を磨いたり、歳旦帖を刊行して蕪村の号を用い俳諧師を名乗り出たりした。その後京都に定住して、画業に励みつつ結婚し、与謝氏を名乗った。五十一歳の夏に、炭太祇、召波らと三菓社を結成、五十五歳で巴人の夜半亭を継承、翌年には盟友の太祇と召波が続けて死去したが、その召波の七回忌追善の『春泥句集』の序に書かれたのが、離俗論である。

離俗論の書かれる三年前に、尾張俳壇の大物の加藤暁台が仙台の山田白居（丈芝）を連れて蕪村を訪れ、以後親交が始まった。芭蕉を慕うことで暁台と結びついた蕪村は、それを機に、卑俗な俳諧を高雅な文芸に高めた芭蕉への傾倒をいっそう強め、俗言を用い俗事に触れながら文芸精神としては俗を超えるという離俗論に立ち到ったのである。

この離俗論において、蕪村が古典を読むことに具体的な方途を求めている点は、今日のわれわれにも大いに参考になる。多くの著作の中から古典として名を残し読み継がれてきたものは、どの時代にも通じる高邁な人間性を表現した作品である。これに親しむのは教養を高めることにつながる人格形成の基本であり、蕪村はそれを勧めているのである。

平成20年12月号

22　蕪村の転身

このところ続けて蕪村攻めに会った。かつての「風」の仲間の高木良多さんの書かれた『蕪村私観』（有文社）を頂戴して読んでいたところに、季刊誌の「詩歌句」（北溟社）が届いて、その巻頭の特別読物に有馬朗人「若き日の蕪村」が載っていたからである。どちらも俳文学者でなく俳句実作者の立場で書かれたものだが、大変な力作で感心した。

双方のとりあげている話題に、蕪村の処女出版作『（寛保四年）歳旦帖』がある。歳旦帖とは、年頭に当たって俳諧師が自分と門弟の作品を編集して刊行するもので、蕪村は二十九歳を迎えた正月に、宗匠の自覚をもって歳旦帖出版を試みたのである。二十歳で江戸に出て夜半亭巴人の弟子として俳諧の道に入った蕪村は、二十七歳の時に下総国結城に移り、芭蕉のあとを追って奥州遊歴をしたりするが、その後の歳旦帖の刊行であった。

宇都宮で上木されたこの書で注目されるのは、蕪村がそれまで用いていた俳号「宰鳥」を「蕪村」に変えている点である。巻頭に置かれた年始の三つ物の発句には、〈鶏(とり)は羽(は)に初音をうつの宮柱　宰鳥〉とあり、さらにもう一つ宰鳥の号の句が入っているが、その後に〈古庭に鶯啼きぬ日もすがら　蕪村〉と、初めて蕪村の号の発句が載っている。つまり、この書の中で蕪村は古い宰鳥から新しい蕪村への転身を宣言しているのである。

〈鶏は羽に…〉の句は、宇都宮の二荒山神社で鶏が羽ばたいて新春の初声を挙げたという意で、「初音を打つ」と「宇都宮」、「宇都宮」と「宮柱」が、それぞれ掛詞(かけことば)になっている技巧的な句である。それに対して蕪村の名の〈古庭に…〉の句は、はなはだ素直な写生の句で、今日のわれわれの句会に出されても、無理なく読める句である。すなわち、蕪村にとって宰鳥から蕪村への転身は、技巧句から平明句への脱皮だったのである。蕪村から写生を学ぶことができるといわれるゆえんを、この歳旦帖にも見ることができる。

平成18年1月号

23　中村家の古庭

秋も深まった頃に、結城と下館を訪ねる機会があり、蕪村の『(宇都宮)歳旦帖』に見える〈古庭に鶯啼きぬ日もすがら〉の句の古庭を拝見することができた。下館の中村兵左衛門氏の居宅の庭である。もっとも句の古庭が中村家の庭である確証はないのだが、蕪村がたびたびこの家に逗留し、当の『歳旦帖』がこの家に伝わっていたこともあって、中村家では右の句の碑を庭に建て、蕪村の当時の石組の残る庭を大切にしている。

結城は蕪村が二十七歳から三十六歳までの十年間の遍歴時代の拠点である。結城の砂岡雁宕の招きで江戸からこの地に身を寄せ、結城の弘経寺に庵を結んで、早見晋我（北寿）と親交を持った蕪村は、下館の中村風篁（兵左衛門）や宇都宮の露鳩など近在の俳人の家にも逗留しつつ、この間に芭蕉の奥の細道の旅を追慕してみちのくを遊歴した。その下館の中村風篁の家が、今も当主が兵左衛門を名乗る蕪村の古庭の家である。

この時代の蕪村の作品に「北寿老仙をいたむ」の八連の詩のあることはよく知られる。早見晋我の死を悼んで作られたもので「君あしたに去ぬゆふべのこころ千々に…」に始まる長い詩だが、中に「友ありき河をへだてて住みにき」とあるこの河を、当主の中村兵左衛門氏は、結城と下館の間に流れる利根川だと語ってくれた。その日は下館にいた蕪村のもとに、晋我の暁方の死の報が届いたが、西風が強くて西の結城へ渡る舟が出せず、こちらの丘から死を悼むほかになかったという。そう解して改めてこの詩を読んでみると、景が広がって詩がより生き生きとしてくる。他にも中村家当主の話はとても楽しかった。

ゆっくり拝見した句碑の立つ古庭の奥には、二本の柿の木が赤い実をつけていた。

中村家を辞してから結城へ行き、妙国寺の晋我の墓を訪ね、蕪村のこの詩の碑を見たあと、弘経寺の蕪村の句碑と雁宕の墓に寄り、結城時代の蕪村の交遊をしのんだ。

平成19年1月号

24　故郷喪失者

芭蕉に較べて蕪村の生涯はまだまだ解明が進んでいない。享保元年（一七一六）摂津の毛馬で生まれたことはほぼ定説になっているが、蕪村の両親や生い立ちなどについての諸説は、いまだ推測の域を出ない。下総の結城に過ごした二十代後半から三十代にかけてのころ、奥羽の旅に出て津軽の外ヶ浜まで到ったというが、この旅の詳細も不明である。三十代半ば以降は京に定住することとなり、比較的活躍のさまも知られるようになる。

蕪村の号は、陶淵明の「帰去来の辞」の「帰りなんいざ、田園まさに蕪(あ)れんとす、なんぞ帰らざる」によるものである。蕪村とは、帰省を促してやまない荒廃してゆく故郷の村の意である。だが、蕪村は故郷の毛馬村へ戻ったことがない。母や故郷へ思いを寄せる作品は折々に見られるものの、出自を語らぬ蕪村のことゆえ、両親や生い立ちに関する蕪村の心情は、帰りたくも蕪れた所という、アンビバレントなものであったに違いない。
この点について、尾形仂『芭蕉・蕪村』（花神社、現在は岩波現代文庫に収録）に、芭蕉と蕪村を対照的に扱った一文が見られる。それによると、芭蕉は一般に「漂泊の詩人と呼ばれ」「不幸なる故郷喪失者であるかのごとく見なされがち」だが、「実際」は「旅の途中必ず郷里に立ち寄り、人々から郷党出身の成功者として温かく迎えられるのを常とし」ていた。これに対し、「三十六歳以後」「だいたいは京都に腰を落ちつけ」ていた蕪村は「定住の詩人」「と称すべき生涯を送ったといってもさしつかえない」のだが、「故郷とのつながりという点」では、郷里のすぐそばに住みながら「一度も」「毛馬へ立ち寄った形跡が」ない、という。つまり、蕪村の「出郷の経緯の中に」「秘密が隠されてい」て、その故郷への思いを号にまでした蕪村のほうこそ、漂泊の詩人の芭蕉よりは、「むしろ悲劇的な故郷喪失者であったといわなければならない」というのである。

平成12年9月号

25 化政俳諧

文化文政の時期の俳壇は、俳諧の普及にともなう大衆化が進み、蕪村や暁台らの中興俳諧に見られた高踏的な精神への反動から、庶民的な平俗性が好まれる傾向を生んだ。

尾張の井上士朗は医師の家に生まれ、町医として名を成したが、俳諧を暁台に学び、蕪村とも交流があった。平明ながら趣きの深い作風で、名古屋の俳諧を主導した。江戸で活躍した鈴木道彦は、仙台の藩医の家に生まれ医師となるも、俳諧を江戸の白雄に学び、仙台と江戸を往き来しつつ寛政末ごろには江戸に定住、江戸俳壇に名声を得た。京都の江森月居(げっきょ)は蕪村に師事、門下の重鎮となり、蕪村死後は一門を離れて、行脚ののち大坂で活躍して勢力を張った。士朗、道彦、月居のこの三人は当時の三大家と呼ばれた。

道彦と並んでこの時代の江戸俳壇を支えたのは、夏目成美と建部巣兆(そうちょう)である。成美は江戸蔵前の札差。病弱で右足が悪く、若くして俳諧に親しみ、蕪村の俳風に親しんだ。平明にして風趣のある句が多い。巣兆は道彦と同じ白雄門。書画をよくし、旅を好み、各地の俳人と積極的に交流した。飄逸な俳画を得意とし俳風も洒脱磊落。また、白雄の門下では特に女流の榎本星布（せいふ）が傑出した作品を示し、異彩を放った。

化政期にはみちのくにも卓越した俳人が現れた。仙台の出の道彦のほか、仙台藩白石の岩間乙二（おつに）、仙台藩領藤沢（現岩手県）の高橋東皐（とうこう）、秋田の吉川五明、酒田の常世田長翠、盛岡の小野素郷、石巻の遠藤曰人（わつじん）、須賀川の市原多代女らである。乙二、五明、長翠、素郷は奥羽四天王と呼ばれた。中でも乙二は、蕪村に傾倒、修験として各地を旅し、函館や松前にも何度か赴いて北海道俳諧史に残る仕事をした。また商人の五明も早い時期に蕉風復古を唱え、蕪村の信頼を得て門人を集め、全国にその名が知れ渡った。

そして、この時期に最も個性溢れる独自の句境を開いたのが、小林一茶であった。

平成21年1月号

26　一茶

子供のころ、築地の小劇場で、小林一茶の子ども向けの演劇を見たことがある。〈我と来て遊べや親のない雀〉〈痩せ蛙負けるな一茶これにあり〉〈雀の子そこ退けそこ退けお馬が通る〉などの句をその折に覚えた。「一茶のおじさん、一茶のおじさん、貴方の生まれは何処じゃいな。はい、はい、私の生まれはの、信州信濃の山奥の、そのまたおくの一軒家…」という歌が劇の中で何度も歌われて、今もはっきりと耳に残っている。

良寛というと子供達と手毬をついている柔和なイメージが一般化していて、厳しい修行と行脚のあと越後に戻ってからは病気に苦しむ半生であったことが余り知られていないように、一茶といえば前述のような有名な句が先行して、小動物に思いを寄せる心暖い老人との印象が強く、その生涯が決して安穏なものでなかったことを忘れがちである。

一茶は農家に生まれ、継母との仲が悪く、十五歳で江戸へ送り出される。竹阿について俳諧を習い俳諧師になるが、生活は苦しかった。四国・九州を含む各地を六年にわたって行脚したのち江戸に戻ったが、相変わらず知友をたよる苦しい流寓の生活が続く。父の死後は、なけなしの遺産を巡って十年に及ぶ家族間の骨肉の争いが続き、弟をだますようにして故郷に自分の住まいを手に入れ、五十二歳で始めて結婚するが、次々に生まれた五人の子供はみな死んでしまい、妻も亡くなる。再婚の妻ともすぐに離婚し、三度目の結婚のあと間もなく六十五歳で生涯を終えた。いわば地を這うがごとき一生であった。

昨年亡くなった作家の藤沢周平の作品に『一茶』がある。昭和五十二年に「文芸春秋」に連載されたものだが、文春文庫に収められているので今でも読むことができる。善人を描いて巧みな藤沢周平にしてはめずらしく、あくの強い非情な人物としての一茶を描いている。小説ではあるが、迫力ある一茶像で、一茶の一面をよく伝えるものである。

平成10年4月号

27　一茶の行脚

一茶は晩年の十五年ほどを郷里の信濃で過ごすことになるが、それ以前は江戸と郷里を行き来する生活を送り、またしばしば下総や上総を遍歴して回る旅の人であった。その一茶にとって、最も長く遠い羈旅の体験となったのが、六年半に及ぶ西国行脚であった。

江戸で葛飾派の二六庵竹阿の弟子になった一茶は、竹阿の死の二年後に、かつて竹阿が歩いた西国への行脚を志し、三十歳にして俳諧修業の旅に出た。三月に江戸を出発した寛政四年（一七九二）には、京都や大坂に滞在した後、淡路島を通って四国讃岐の観音寺町の専念寺に竹阿の弟子の五梅を訪ね、そこから九州へと渡っている。次の年は肥後八代の正教寺で正月を迎え、九州各地を巡って竹阿ゆかりの長崎に逗留、その翌年も九州を旅した後、山陽道を経て四国に渡り、寛政七年の正月を五梅のいる専念寺で迎えた。

そしてこの年は各地の多くの俳士と接する。先ず伊予松山に樗堂を訪ね、三月には大坂の升六宅に寄留、夏になって京都の芭蕉堂を訪れ闌更らと歌仙、十月に近江義仲寺の芭蕉忌に参座、冬は大坂で尺艾（せきがい）と両吟歌仙、また竹阿ゆかりの二柳（じりゅう）や大江丸と交わった。

寛政八年には四国に戻り、秋には松山城内の観月の会に列席、以後しばしば樗堂と歌仙を巻く。翌年は松山から備後へ渡り、福山で夏と秋を過ごして大坂と京都へ赴く。寛政十年の新春は大和の長谷寺で迎え、木曾路を経てその秋八月に江戸へ戻った。

この間に親しく交わった樗堂は暁台門の伊予の巨匠、闌更は蕉風復興を唱えて暁台に近く、二柳は蕪村と交流のあった中興運動の担い手の一人で、一茶はこの行脚において、蕪村や暁台らの興した天明期の中興俳諧の重厚な格調を学んだことになる。京都で接した月居も蕪村門であった。一茶というと、個性的で主観の強い軽妙自在な俳人のイメージがあるが、修業期には自ら求めて正道をゆく堅実な基礎を修得していたのである。

平成25年2月号

28　上々吉と中位

小林一茶の句文集の「我春集」と「おらが春」は、岩波文庫の矢羽勝幸校注『父の終焉日記／おらが春／他一編』に収められており、簡単に読むことができる。以前は荻原井泉水校訂『おらが春／我春集』が岩波文庫に入っていて、私はこちらで読んだ。

その井泉水のあとがきの「校訂小言」に、「『我春集』にある一茶が四十九歳の初春の感は〈我春も上々吉ぞ梅の花〉である。『おらが春』にある五十七歳の初春の感は〈めでたさも中位なりおらが春〉である。「上々吉」を貴む気持から「中位」を貴む気持に移って来た、此の約十年間に於ける一茶の気持のかはり方は、見方に依っては面白いではないかと思ふ」とあり、話が旨くできていることに、私も面白いではないかと思ってきた。

上々吉と詠んだ一茶四十九歳の春は、父の遺産をめぐる継母や弟との抗争にも三年程前から好転が兆し、郷里に戻って生活できる希望が見え始めた頃である。作句活動も生涯で最も充実した時期に入る。中位と詠んだ五十七歳の春は、宿願の柏原への帰住も果たし、結婚もし、信濃での俳諧指導も軌道に乗ったが、長子の死もあり、農村でのゆとりのある生活に張りを失い始めた頃である。作品もやや精彩を欠き始めた時期に入る。

西国行脚から江戸に戻り、師の竹阿の二六庵を継いだものの一家を成すに至らず、夏目成美の庇護を受けつつ下総や上総に流寓の生活を送った窮乏の日々が、故郷への帰心を募らせて、上々吉の作句活動を生んだのだが、いったん望みが充足し、家庭を持ち、地方の有力者となって満たされた生活を送り始めると、高揚した気分も徐々に萎え、鈴木道彦や建部巣兆ら江戸の仲間の活躍を妬みつつ、中位の気分になったのであろうか。

更には、上々吉の詠句がその後しばらくの一茶の全盛期を予言しているようであり、中位の詠句もその後の妻子の相次ぐ死や作風の停滞を予言しているようで、興味深い。

平成21年2月号

29　天保俳諧

天保期から幕末にかけての俳諧を天保俳諧と呼ぶ。この間の特徴に、俳諧人口の増大による俳諧の大衆化と、芭蕉研究の隆盛に伴う蕉風の一般化とを挙げることができる。特に天保十四年（一八四三）の芭蕉百五十回忌の折に、芭蕉に対して神祇官領家から花の本大明神の称号が贈られ、中興俳諧の芭蕉復興が更に高じて芭蕉の神格化が進んだ。

この期の高名者には、天保三大家と称される成田蒼虬（そうきゅう）、田川鳳朗（ほうろう）、桜井梅室がいる。

蒼虬は金沢の武家に生まれたが、父の獄死を期に武士を捨てて京都にのぼり闌更に師事した。闌更の死後、師の芭蕉堂を継ぎ、各地を巡って江戸にも一年ほど滞在した。自句の推敲や門人の指導に熱心であった。鳳朗は熊本の藩士。三十七歳にして致仕し、江戸に出て道彦の門下となり、成美や一茶とも交わった。蕉風復帰を唱えた俳論『芭蕉葉ぶね』で名を成し、上方に遊んだのち江戸に帰り、江戸俳壇の雄となった。梅室は金沢の刀研師であったが、年少より俳諧に親しみ、闌更門の金沢の上田馬来の槐庵を継いだのち、京に移住、更に大坂に移った。江戸にも十年ほど在住、金沢に移り大坂に戻ったのちも中国四国を旅するなど、門弟は全国に及んだ。情趣のある平明な句柄である。

この三人にもう一人岡崎の鶴田卓池（たくち）を加えた、天保四老人の呼称もある。紺屋を営んでいた卓池は、暁台門に入り、暁台死後は士朗に師事した。二十四歳の折に奥羽を旅し、三十四歳で関東信濃を巡り、六十歳には長崎旅行をするなど、大旅行で見聞を広めた。九十歳まで長生きをした須賀川の市原多代女も異才を放った。多代女は道彦門で、乙二にも師事した。道彦の死後江戸に出て著名な俳人の知遇を得、広く名を知られた。

幕末には、江戸生まれで梅室門の関為山（いざん）、大坂出身で梅室門下の鳥越等栽（とうさい）、甲府の出で辻嵐外の門下の橘田春湖が、江戸三大家といわれて著名であった。

平成21年3月号

柏原眠雨略歴

昭和十年五月一日、東京市板橋区（現東京都練馬区）に生まれる。本名、啓一。

昭和二十五年、「青蝶」に入会、神葱雨に師事。昭和五十四年、「風」に入会、沢木欣一に師事。平成元年、「きたごち」を創刊、主宰。俳人協会宮城県支部顧問、国際俳句交流協会理事、日本文藝家協会会員、宮城県俳句協会顧問、宮城県芸術協会参事。

句集に『炎天』『草清水』（宮城県芸術選奨受賞）『露葎』『自解百五十句選』『自解百句選』『自註柏原眠雨集（三百句選）』ほか。

東京大学文学部（哲学）卒。埼玉大学助教授、お茶の水女子大学助教授を経て、東北大学文学部（哲学）教授、現在東北大学名誉教授。

現住所　〒982-0804　宮城県仙台市太白区鈎取二―一三―五

風雲月露──俳句の基本を大切に　奥附

著者　柏原眠雨＊発行日　二〇一五年八月三十一日　初版
発行者　菊池洋子＊印刷所　明和印刷＊製本所　新里製本
発行所　〒一七〇-〇〇一三　東京都豊島区東池袋五-五二-四-三〇三
紅(べに)書房　info@beni-shobo.com　http://beni-shobo.com
電　話　〇三（三九八三）三八四八
FAX　〇三（三九八三）五〇〇四
振　替　〇〇一二〇-三-三五九八五

ISBN978-4-89381-303-9
Printed in Japan, 2015